AF201984

Tucholsky Wagner Zola Scott Sydow Freud Schlegel
Turgenev Wallace Fonatne
Twain Walther von der Vogelweide Fouqué Friedrich II. von Preußen
Weber Freiligrath Frey
Fechner Fichte Weiße Rose von Fallersleben Kant Ernst Frommel
Richthofen
Hölderlin
Engels Fielding Eichendorff Tacitus Dumas
Fehrs Faber Flaubert
Eliasberg Ebner Eschenbach
Feuerbach Maximilian I. von Habsburg Fock Eliot Zweig
Ewald Vergil
Goethe Elisabeth von Österreich London
Mendelssohn Balzac Shakespeare Dostojewski Ganghofer
Lichtenberg Rathenau Doyle Gjellerup
Trackl Stevenson Hambruch
Mommsen Tolstoi Lenz Hanrieder Droste-Hülshoff
Thoma von Arnim Hägele Hauff Humboldt
Dach Verne
Reuter Rousseau Hagen Hauptmann Gautier
Karrillon Garschin Defoe Baudelaire
Damaschke Descartes Hebbel
Hegel Kussmaul Herder
Wolfram von Eschenbach Dickens Schopenhauer Rilke George
Darwin Melville Grimm Jerome
Bronner Campe Horváth Aristoteles Bebel Proust
Bismarck Vigny Barlach Voltaire Federer Herodot
Gengenbach Heine
Storm Casanova Tersteegen Gilm Grillparzer Georgy
Chamberlain Lessing Langbein Gryphius
Brentano Lafontaine
Strachwitz Claudius Schiller Kralik Iffland Sokrates
Bellamy Schilling
Katharina II. von Rußland Gerstäcker Raabe Gibbon Tschechow
Löns Hesse Hoffmann Gogol Wilde Gleim Vulpius
Luther Heym Hofmannsthal Klee Hölty Morgenstern
Roth Heyse Klopstock Goedicke
Luxemburg Puschkin Homer Kleist
La Roche Horaz Mörike Musil
Machiavelli Kierkegaard Kraft Kraus
Navarra Aurel Musset Moltke
Nestroy Marie de France Lamprecht Kind Kirchhoff Hugo
Laotse Ipsen Liebknecht
Nietzsche Nansen Marx Ringelnatz
Lassalle Gorki Klett
von Ossietzky May Leibniz
vom Stein Lawrence
Petalozzi Irving
Platon Knigge
Sachs Pückler Michelangelo Kock Kafka
Poe Liebermann Korolenko
de Sade Praetorius Mistral Zetkin

Das schnellste Schiff der Flotte

Seegeschichten

Gorch Fock

Impressum

Autor: Gorch Fock
Umschlagkonzept: toepferschumann, Berlin

Verlag: tredition GmbH, Hamburg
ISBN: 978-3-8424-0479-3
Printed in Germany

Text der Originalausgabe

Gorch Fock

Das schnellste Schiff der Flotte

Seegeschichten

Das schnellste Schiff der Flotte

(aus »Schullengrieper und Tungenkniever«)

Eben nach Ostern war es, zwölf Wochen vor Karkmeß, dem großen Sonnwendtage der Finkenwärder Fischerei, der ihr A und O,
den kleinen schwarznasigen H.F.1 und den großen weißstevigen
Kutter H.F.270, auf dem Köhlfleet und auf den Schallen zusammen-
führt. Da ging der Seefischer Geerd den hohen, schmalen Süderdeich entlang und ärgerte sich, als er sah, daß an den Gräben zwischen den Reetstoppeln schon die gelben Kuhblumen blühten; denn
wenn die blühten, war das Elbwasser nach der Ansicht der Reisen-
käufer gewöhnlich schon so warm, daß die Schollen an den Brücken
zu St. Pauli und Altona nicht mehr leben konnten; sie mußten schon
bei Blankenese aus dem Bünn geketschert werden. Das gab nicht
bloß große Arbeit, denn die Schollen mußten auf Deck ausgebreitet
und durch Segel und Lappen vor den Sonnenstrahlen geschützt
werden, sondern tat auch Schaden, denn die Hökerweiber wollten
mit den toten Klapperschollen am andern Morgen auch ungefähr
umsonst absingen. – Darauf aber, nach einer Biegung des Deiches,
kriegte der Fischer die Werft von Barthold in Sicht und freute sich,
als er wahrnahm, daß eine kleine Buttjolle das einzige Fahrzeug
war, das auf dem Hell'gen saß, denn wenn der Baas nicht mehr um
die Hand hatte, konnte er ja gleich Hobel und Beitel für ihn scharf
machen.

Gesa, die rundliche Frau des Schiffszimmerbaases, nötigte ihn
freundlich in die beste Stube, warf einige Eichenknäste nach, ob-
wohl er lachend abwehrte, denn die Deichwanderung hatte ihn
schon gewaltig in Schweiß gesetzt, und goß ihm eine Kump damp-
fenden Kaffees ein. Dann erst rief sie den Baas, der binnendeichs im
Schauer verstriet auf einem dicken Buchenstamm saß, wie auf einem Ziegenbock, und dabei war, ihn der Länge nach aufzusägen.

Der würdige Baas kam herein, strich bedächtig den langen Bart
und sprach sich dahin aus, daß das Frühjahrswetter, das dem Bauern nicht unpaß wäre und dem Fischer nicht gegen den Streek, gut
und gern noch acht Tage am Ruder bleiben könne.

Geerd lachte in sich hinein und dachte: Baas, wat mi wunnert? Dat du di bi dien Arbeit nich all teinmol den langen Bort afsogt hest! Dann ging er aber batz unter Segel: »Baas, ik mü'tt 'n nee Schipp hebben!«

Der Zimmermann kraute in seinem Bart, wie der Wind das Korn bewegt.

»Du, Gerhard? Hest doch ierst vor zwee Johr een kreegen. Vör twee Johr, in'n Maimond, leeten wi den Seestern to Woter. Dat regen den heelen Dag.«

Geerd legte sich zurück.

»Denn hett de Regen ok Schuld halt, dat de ole Pütt nich seiln wull. Ik hebb em güstern noch Blanknees verköft, lot Sehr Bedächtig sik der man mit afrieten. Baas, ik mütt 'n neen Kutter hebben, de jüm alltohopen, Hütz mit de Mütz, Finkwaders, Blankneesers, Kränzers un Lünbörgers, vörbisegeln deiht.«

Barthold nickte langsam.

»Ik kann mi dinken, Gerhard, dat du de ierst warrn wullt.«

Der Fischer bestätigte es kräftig und legte die braune Faust schwer auf die Stuhllehne.

»Jo, Baas, mi smeckt de Klüten nich mehr, wenn se mi vörbikrüzt. Kannst du em bis Karkmeß t'recht kriegen?«

Barthold dachte nach, ehe er antwortete.

»Mudder, doh mi mol den Hamburger Almanach ut't Teeschapp .... Bit Karkmeß? ... Dat sünd jo noch ... holt stopp! ... dat sünd man mihr acht, tein, twölf Weeken. Richtig. Twölf Weeken. Weest du wat, mien Jung? Ik segg: jo!«

Der Seefischer streckte ihm die Hand hin.

»Un dat he gau seiln ward, gauer as all dat anner Gedriew. Dat schall mit in den Kontrakt, Baas.«

Aber der Baas zögerte, einzuschlagen. Er räusperte sich und sah Geerd mit großen Augen an.

»Junge, Gerhard, hür to. Ik will di mol wat seggen. Du büst 'n fixen Fischermann un weest wat af von Seiln un Kurrn, ober von uns

Timmeree weest du nix von af un kannst dor ok nix von af weeten. Ik klopp den Kutter tohoop, god un fast, isern un eeken un mok em bit Karkmeß klor un dor schall nix an fehln; aber so as he is un as he ward, müßt du em nehmen. Wat 'n Schipp gau seilt oder nich, dat lett sik slecht bereeken. Dat is Glück un wieder nix.«

Gesa schenkte die leer gewordene Kump wieder voll, warf ein Stück geschlagenen Zuckers hinein und lächelte: »Dat is so, Geerd.«

Der sah das nicht ein.

»Baas, ik kann keen Slarp-Snick bruken. Ik nehm den Kutter bloß af, wenn he *gau* seilt. Anners goh ik no de Est oder no de Au un lot mi dor een moken.«

»Goh no de Est oder no de Au«, sagte der Baas seelenstill und guckte nach dem Alten Land hinüber.

Ehe noch weitere Worte fallen konnten, ging die Tür auf und ein junger, schlanker Gast trat ein. Er fing die letzten Worte auf.

»Wat de annern könnt, könnt wi hier an de Süderelw ok«, sagte er bestimmt und setzte sich zwischen die beiden Männer. Sein blasses, schmales Gesicht mit den müden Augen wollte aber nicht recht zu den braunen, gesunden passen.

»Kinnst du den, Geerd? Uns Hein is dat, he is nu ut de Frümde wedder kommen«, sagte Gesa strahlenden Gesichts zu Geerd. Der gab dem Jungen die Hand. »Du harst mi up 'n Diek vörbilopen kunnt, un ik harr di nich kennt, Hein. Deubel ok, wat büst du lang upschoten? Neem hest so lang rümhausirt?«

»An de Ostsee, Geerd, in Lübeck«, gab Hein kurz zur Antwort, dann fragte er ablenkend: »Neem snackt ji von?«

»He will 'n neen Kutter hebben«, sagte der Alte.

»Kann he kriegen«, nickte der Junge.

»Schall bit Karkmeß klor warrn!«

»Ward bit Karkmeß klor«, nickte Hein.

»Schall god seiln«, predigte der Alte eindringlich.

»Schall he ok«, rief Hein lebhaft und richtete sich auf.

Der Alte beugte sich vor, wie Harm Fink, wenn er Trumpf-As in der Hand hat und sich anschickt, es auszuspielen: »Schall all de Kutters un Ebers vörbiflimsen, schall gauer seiln as se alltohopen!«

Der Junge hielt den Blick aus.

»Schall he ok, un deit he ok«, bestätigte er.

»Sühst woll, Baas, geiht all, wenn't man Been hett! Hein, du büst 'n fixen Gast!« rief der laute Geerd.

Das war dem Baas zuviel. Die Stirnader schwoll ihm. Er schlug mit der Faust auf den Tisch. »Wokeen is hier Baas, Mudder? Ik kann dor nich mihr twüschen dör finnen: de Fischergesell oder de Timmergesell oder ik?«

Das grollte wie kommendes Gewitter, aber Hein ließ sich nicht bange machen. »Ik hebb in Lübeck timmern lihrt un kann 'n harten Seiler klor kriegen«, beharrte er, und als die Mutter ihm zu Hilfe kam und drängte: »Segg man jo, Vadder, segg man jo; de Jung schall mol wiesen, wat he kann«, da verwandelte der Baas sich wieder in den Ehrbedächtigen und wandte sich ruhig an den Fischermann: »Gerhard, weest du wat? Ik segg jo!«

Damit schlug er in die dargebotene Hand ein. Das Schriftliche kam später.

Hein aber blickte durch die kahlen Baumkronen nach den großmächtigen Bauernhäusern hinüber, die wie die Arche Noah auf den Wurten saßen, und dachte sich sein Teil.

*

Nun brach eine hilde Zeit an für die Werft, und das Gehämmer und Geklopf, das Gesäge und Gehobel schallten den ganzen ausgelängten Tag über die Süderelbe und über die stillen Wiesen und Höfe. Und den Geruch des Pechs und des Teers bekam der ganze Süderdeich zu kosten, wenn der Wind nicht gerade von Norden blies. Am wichtigsten hatte es der Baas. Er war selbst mit der Eisenbahn nach der Oste hinuntergefahren und hatte das Eichenholz an Ort und Stelle sorgsam ausgesucht und gekauft. Morgens stand er heimlich eine Stunde eher auf, und was er tagsüber gleichmütig als etwas Bekanntes und Selbstverständliches hinnahm, das befühlte und prüfte er nun mißtrauisch und argwöhnisch. Da war kein Kupferbolzen, keine Planke und keine Kneeße, bei denen er nicht stehengeblieben war. Der Junge baute noch ein gut Teil anders, als er gewohnt war. Der Baas kratzte oft bedenklich den grauen Kopf, und es war ihm bald schon nicht mehr recht, daß er dem Fischermann zu Willen gewesen war, daß er sich hatte überreden lassen, den schnellsten Segler der Flotte zu liefern. – Dummheit war es gewesen, und Narrenkram mußte draus werden .... Was brauchte ein Fischerfahrzeug über das Wasser zu fliegen wie eine Lustjagd? Wenn es nur stark und stewig war, daß es einen sturen Nordwest überstehen konnte. Seetüchtig: das war es, was ihm not tat ....

Mit Hein war eine große Veränderung vorgegangen. Zwar starrte er noch manche liebe Viertelstunde sinnend und träumerisch über das Wasser oder nach den Wolken, aber er war doch jetzt ein Arbeitsmann, dem man es anmerkte, daß er Flut statt Ebbe in den Adern hatte. Wenn die Jungen schon im Gras lagen und nach den Maikäfern spähten, bis in die Dämmerung hinein hämmerte und zimmerte er an dem neuen Schiff, und bis tief in die Nacht saß er noch bei der Lampe über seine Risse und Zeichnungen gebeugt und stellte seine Berechnungen auf.

»De arbeit sik dorbi gesund«, sagten wohl die nachbarlichen Elbfischer zueinander, wenn sie in der Schummerei vor den Türen saßen und ihn noch den großen Maker schwingen sahen. Es galt am Deich für ausgemacht, daß Hein seine gesunden Fünf nicht hätte.

Als der Bau so weit gediehen war, daß die Decksplanken verbolzt werden konnten, da kam Geerd wieder einmal auf den Zimmerplatz und beschaute den hochmächtigen, glänzenden Rumpf mit Verständnis und Freude. Und schlug Hein auf die Schulter: »Hein – Koptein, du kannst mihr as Brot eten!« Barthold aber rief er zu: »Nu mol mol 'n Nom an, Baas. H. F. 266 un Swoonk.«

Der Baas gönnte sich mit dem Verpechen einen Augenblick Ruhe.

»Meenst du, as 'n Swoonk?« fragte er bedenkhaftig, und der Fischer lachte: »Jo, Baas, so gau as de Swoonk flügt, schall he seiln. Ik seh den Steben all so'n betjen Gauhaftigkeit an.«

Hein saß in tiefem Grübeln auf einem Poller und konnte den Gedanken nicht loswerden, daß er den Grotmast doch wohl eine Handbreit zu weit nach vorn gesetzt habe.

*

Vier Tage vor dem Jahrmarkt, als die buntgescheckten kleinen Pferde der Reitbuden schon auf der Kirchenwiese grasten und die Dreuchewer und Schuten, mit Zelten und Geräten beladen, bereits im Aueschlick saßen, da waren sie auf der Lüneburger Seite soweit, wie sie sein sollten. Barthold schickte durch zwei Schulknaben Order nach dem Neß zu Geerd, und ließ ihm sagen, daß sie den andern Tag Probefahrt ablegen wollten, wenn irgendein bißchen Wind wäre. Und er kämmte seinen Bart sorgfältiger als sonst und trug Gesa auf, seinen Abendmahlsrock auszubürsten.

Geerd in seiner Vergnügtheit ließ es sich nicht nehmen, noch mal nach Hinnik Rüschens Buchtschenke hinüberzugucken und mit allen Junggästen, die dort waren, kräftig auf den Schwalbenkutter anzustoßen.

Hein aber, der jugendliche Schiffsbaumeister, stand müde und versonnen auf der Miete, dem grünumbuschten Landweg, der das lüneburgische Finkenwärder durchquert, und wartete auf Emma Mewes, eine übermütige, rotbäckige Seefischertochter, die von der Hamburger Seite kommen mußte, wie er bei ihrer Großmutter gehört hatte. Er wußte nicht, was die Deern hatte, daß sie seit einiger Zeit so fremd tat. Früher hatte sie ihn so sehr gern gehabt, aber jetzt wich sie ihm beständig aus. Und begegneten sie einander auf dem Deich, so war es sicher, daß sie sich über die erste beste Haustür lehnte und mit Greetjen oder Marieken oder Beeken ein weitläufiges Gespräch begann, nur, um von ihm freizukommen. Das konnte er nicht mehr aushalten, und so hatte er sich vorgenommen, diesen Abend ernsthaft mit ihr zu sprechen.

Er mußte lange warten. An eine rissige Wichel gelehnt, sah er den grünleuchtenden Stichlingen im Graben zu, die ihre Nester bewachten und verteidigten. Vom Westerdeich herüber scholl das tiefe, ängstliche Nachtgebrüll der Milchkühe. Gänzliche Stille lag über den gelbflimmernden Kornfeldern und über den dunkeln schweren

Kronen der Obstbäume. Aus den entfernten Gräben wallte ein leichter, weißer Nebel auf.

Plötzlich zerriß ein erschreckt aufpiependes Rebhuhn die Spinnweben des Abendschlafes. Emma Mewes kam den Weg entlang. Als Hein die weiße Schürze sah, den blauen Rock und das rötlichbraune Schultertuch, fühlte er, daß es ihm heiß im Halse aufstieg. Er gab sich die größte Mühe, gleichgültigen Gesichts nach dem Kirchturm hinüberzublicken, der schwer und klobig aus dem Baumgewirr aufwuchs – aber es gelang ihm schlecht. Das Mädchen wurde blutrot, als es Hein erkannte. Sie blickte starr geradeaus, aber es lag keine Sicherheit in ihrem Blick. Sie ging schneller als zuvor, um so schnell es nur ging an dem Jungkerl vorbeizukommen.

»Emma!«

»Hein!«

So ist der Gruß unserer Marschen: ein wechselseitiges Nennen der Vornamen.

Hein dachte, Emma würde anhalten, aber sie tat es nicht, sondern ging weiter. Da rief er ihr mit erzwungenem heitern Lachen nach: »Du kennst woll keen Lüd mihr, wat?«

Sie verlangsamte ihren Schritt und sah halb nach dem Deich.

»Wat schull ik di nich mihr kennen?« wich sie ihm aus. Hein trat rasch an sie heran und fragte ernst und eindringlich: »Wullt du mi nich mihr hebben, Emma? Bün ik di gornix mihr?«

Sie war stehengeblieben und riß unschlüssig ein Blatt von dem Erlenbusch ab. Dann schlug sie die Augen auf und sah ihn voll und frei an.

»Wenn du 'n Fischer würst, nähm ik di.«

Dann ging sie schnell weiter und ließ Hein im Dunkeln stehen. Er sah ihr verwundert nach, und als die schlanke Gestalt hinter den Bäumen verschwunden war, setzte er sich still auf einen Stubben am Grabenrand und fand des Grübelns kein Ende.

Über ihm, im Wipfel einer kleinen Esche, sang ein Grashüpfer, und es wurde so totenstill, daß der Lärm der spielenden Kinder vom Nordelbdeich wie heimlich rinnendes Wasser herübersickerte.

Irgendwo schlug ein Hofhund zornig an. Hein vernahm alle die leisen und schaurigen Stimmen der Nacht, sein Herz war hellhörig wie niemals vorher, aber er konnte ihnen keinen Sinn unterlegen. Wenn du'n Fischer würst, nähm ik di! Wie er sich mit dem Wort abreißen mußte! Wie ein Hammer hatte es an große Glocken geschlagen, die in seinem Herzen hingen, und sie zum Läuten gebracht. Nun wollte der Kirchenton nicht wieder verklingen. Schon als Kind hatte er mehr auf als an dem Wasser gespielt und war aus den Böten und Kähnen nicht hinauszujagen gewesen – das war jetzt aufgeweckt worden... Als er aus der Schule kam, hatte er Fischer werden wollen – das hob jetzt wieder die Augen auf... Und als er den Kutter gebaut hatte, waren da nicht all die alten Gedanken zurückgekommen und hatten sie sich nicht wie Zwergenvolk um seine Arbeit gesetzt? Hineingeklopft, -gehämmert und -gepocht hatte er sich in das Gefühl: es ist dein eigen Schiff, Hein, du zimmerst für dich selbst...

»De Maisäbbertied is all hin, Hein«, schob der alte Thees Schwartau sich in seinen Gedankengang. Er hatte die Hände auf den Rücken gelegt und spukte in der Nacht umher wie eine Hexe.

»Jo, Thees.«

Hein erhob sich schwerfällig und ging mit dem grauen Bauern nach dem Deich zurück, ohne viel zu sagen. Gespenstisch ragten die Masten und Wanten der Swoonk, Riesenarmen gleich, in den Nachtheben hinein...

Emma Mewes hatte wohl guten Grund, einen Fischermann zu verlangen ... Es war just die große Zeit auf Finkenwärder, als die Bauernsöhne sich in Scharen auf die Ewer und Kutter drängten und ein Bauernknecht oder Handwerksgesell von den Deerns kaum angeguckt wurde.

*

Ein frischer Ostwind, wie auf Bestellung gekommen, kräuselte anderntags die Süderelbe, als die Fahrensleute auf der Swoonk die neuen Segel setzten, Kai Kröger, der Segelmacher, der sie genäht hatte, stand auf dem Deich zwischen den Elbfischern und lachte übers ganze Gesicht, denn daß Fock, Grotseil und Besan dem Fahrzeug standen wie dem schniegeligen Hannes Rolf der Südwester, den er bei Korl-Snieder nach Maß hatte machen lassen, sah er auf den ersten Stutz.

Barthold, der Baas, steckte noch steifer und noch würdiger als sonst im Staatsrock und maß mit feierlichen, getragenen Schritten das Deck aus. Sein langer Bart wehte im Winde. Er unterließ es aber heute, ihn zu streicheln, weil er des Ausgangs noch nicht ganz gewiß war. Mitunter sah er halb verdrießlich zu Hein hinüber: es gefiel ihm nicht, daß dieser so wenig Teilnahme für das Werk an den Tag legte. Der Junge stand düster und in sich gekehrt neben dem Besanmast und starrte nach dem Deich hinauf, als erwarte er von dorther ein Zeichen.

Die drei Seefahrer: Geerd der Schiffer, Jakob der Knecht und Rudl der Junge, hatten es um so hilder. Sie waren wie Fische im klaren Wasser und hatten ihre Lust an der Arbeit. Es war ein Ruff, da standen die Segel: die Schoten schlugen an und die Gaffeln knarrten ihren ersten Gesang. Der Draggen wurde aufgehievt. Hell und laut klang der Klippklapp der Winsch in den Sommermorgen hinein.

Das mächtige Fahrzeug begann zu schwoien und dem Wind die weißen Lappen zu bieten.

Geerd lief achterut, um das Ruder zu übernehmen. Er kam aber nicht dazu, denn Hein trat an das Helmholz, ergriff es mit fester Hand und fragte, indes sein geschmeidiger Körper sich katzengleich straffte: »Wokeen hürt dat Schipp nu, Geerd?«

Der Fischermann lachte laut auf.

»Führe uns nicht in Versuchung un nich up't Glattis, Heinerich! Dat Schipp is noch *dien*! Ik nehm dat ierst af, wenn't gau seilt.«

Da erwiderte Hein hastig: »Denn will ik mien eegen Schipp ok sülbst stürn.«

Geerd sah ihn scharf an. Hatte Hein wieder seine Tögen?... Dann aber sagte er gutmütig: »Wenn du seiln kannst, lütt Hein, denn stür getrost 'n Stremel weg, aber dat wi nich wegdriwt un nich up't Stack kommt.«

Hein hörte nicht hin. Er drängte das Ruder hart nach Backbord und ließ die breite Seite des Windes in die Segel strömen. Der Kutter drehte sich und setzte sich langsam in Bewegung, fing an zu segeln, flimste bald in rascher Fahrt, schnob bald wie eine Hasenjagd elbabwärts vor dem Winde dahin.

Da guckten die Fischer vom Deich.

Barthold nickte zustimmend, als er wahrnahm, mit wie großer Geschwindigkeit die Erlen und Wicheln des Alten Landes vorübergingen, aber er ließ sich noch nichts aus.

Geerd rannte mit großen Kösterschritten von Backbord nach Steuerbord, vom Gatt nach dem Steven und war sehr in Fahrt. Ein harter Segler war die Swoonk, das spürte er in den Ellbogen, und Hein war ein Steuermann, dem weder der Wind noch der Strom etwas vormachen konnten, das hatte auch er schon gemerkt, aber er wollte ebensowenig schon etwas sagen. Wenn sie nur erst im Norderfahrwasser waren: da kannte er Strom und Entfernung, da segelten auch einige Finkenwärder und Blankeneser Fischerfahrzeuge, und waren sie mit denen in einem Streek, so ließ sich die Geschwindigkeit der Swoonk vielleicht besser erkunden.

Hein kam bei seiner Steuerwache zum Bewußtsein seiner selbst und zur Erkenntnis dessen, was vor ihm lag. Er warf den Kopf in den Nacken und spähte nach Schifferart prüfend zu den Segeln hinauf. Seine Seele trank die leuchtend weiße Farbe des ungeheuern Segeltuches wie einen Heldentrank.

Mein Schiff, mein Schiff! So jubelte es, so brauste es in ihm.

*

Karsten Husteen mähte just das Gras auf der Außenwisch. Die Sonne brannte ihm auf den Rücken, und er mußte einen Augenblick verpusten, um sich die Schweißtropfen von der glühenden Stirn zu wischen. Als er dabei aufblickte, da sah er den Kutter gerade um die Huk biegen... er betrachtete den glänzenden, schwarzen Rumpf mit dem feuerroten Steven, ... er las den weißschimmernden Namen, ... er guckte nach den flatternden, buntbebänderten Kränzen in den Toppen der Masten,... er betrachtete die hohen, starken Masten... er freute sich über die mächtigen, hohen, breiten Segel, die im Sonnenschein leuchteten, und dachte: Das ist doch noch ein Schiff! So groß und schön segelte es dahin, daß er die Augen nicht abwenden mochte... Erst als der Kutter vorbeigeschäumt war und kleiner und kleiner wurde, rührte der Knecht sich wieder. Und zum erstenmal fiel sein Blick auf seine armselige Sense und die paar Grashümpel zu seinen Füßen. Er wurde nachdenklich, und als er mit sich zu Rate gegangen war und noch einmal nach den weißen Segeln gespäht hatte, da nahm er sich fest vor, nach Feierabend mit den Neßbauern zu sprechen und sich zu Michaelis aufzusagen.

Das hat er auch getan. Und dieser Karsten Husteen ist einer der besten Nordseefischer geworden, die wir gehabt haben. Erst im vorigen Winter ist er mit seinem Kutter auf der Doggerbank untergegangen.

*

Die Swoonk hatte das Burtehuder Loch erreicht und pflügte in die mit Dreuchewern bedeckte Norderelbe hinein. Geerd stand am Utkiek. Dreuchewer und Tjalken hatte er überhaupt nicht auf der Rechnung, aber gute tausend Faden vor ihm segelten S. B. 28 und H. F. 184, zwei Fischerkutter, die als Hartläufer auf der Niederelbe und um Helgoland gut angeschrieben waren. H. F. 184 galt sogar als eins der schnellsten Schiffe von Finkenwärder und hatte bei drei sommerlichen Wettfahrten den ersten Preis und die Siegerflagge des R. R. V. erobert. Das war schon eher etwas.

»Dröppt sik god«, sagte Barthold trocken, Geerd aber war nicht mehr zu bändigen:»Wenn wi 184 vorbeiseilt, denn nehm ik dat Ruer, denn hürt dat Schipp mi to«, rief er laut über Deck.

Hein biß die Zähne zusammen und schwieg, aber in seinen Augen glomm es.

Der Ostwind mochte noch zugenommen haben, denn die Seen wiesen schon weiße Schaumköpfe. Wie die graue Seemöwe ihre Flügel, so reckte der Kutter seine mächtigen Segel und kam den beiden Schnelldampfern immer mehr auf die Hacken. Beim kleinen Schweinsand überholte er schlank den Blankeneser.

»Hurro!« rief Geerd übermütig.

Beim Windloch vor Wittenbergen mußte auch der Aukutter daran glauben. Langsam, aber stetig lief die Swoonk an ihm vorbei. Hannis Mewes guckte ganz verbast, als er das Spielwerk gewahrte.

Geerd hielt ihm ein Stropp hin und fragte lachend: »Schöllt wi di 'n beten sleepen, Hannis?«

Hannis Mewes aber wehrte ab: »Wi dropt uns woll mal bie groffe See buten de Elw«, knurrte er ingrimmig und drehte dann den Kopf nach Schulau hinüber, um der Swoonk aus dem Kielwasser zu kommen.

Geerd ging mit gewichtigem Schritt achterschiffs.

»So, Barthold, nu hürt mi dat Schipp! Hein, lat mi mol dat Ruer kriegen!«

Da geschah aber das Wunderliche. Hein strich sich das Haar aus der Stirn und den Lebensschlaf aus den Augen, schüttelte herrisch mit dem Kopf und sagte: »Dat Schipp hett all 'n Herrn: ik behol't sülbst!« Als wenn der Blitz in den Mast geschlagen hätte, so wirkte das auf Geerd.

»Wat?« schrie er ausbrechend.

»Ik will de Swoonk beholn, Geerd!« wiederholte Hein unbeirrt und guckte nach dem Kompaß. Der Baas trat einen Schritt näher.

»Hein, wat dräumst du wedder?« fragte Geerd spöttisch, »oder büst du krank? Besinn di, neem du büst. Weg hier, Timmermann, von 'n Schipper sienen Platz!«

Er versuchte ihn wegzudrängen, aber Hein ließ nicht los und wich nicht.

»Dat Schipp bliwt mien eegen. Du hest noch keenen Schilling betohlt«, rief er jähtrotzig.

Das aber hätte er lieber nicht sagen sollen, denn nun fuhr der Fischer auf wie eine Hagelflage bei schwerem Gewitter und stieß den Zimmermann vor die Brust, daß er stürzte und schwer auf die Lucken flog.

»Verrückt büst un wieder nix!«

Barthold der Baas hatte den Wortwechsel schweigend angehört, jetzt aber trat er hinzu und erhob seine Stimme. Wie die ersten schweren Regentropfen, so fielen die Worte: »Gerhard, dat is mien Jung: dat hest du woll nich bedacht!... Hein, komm up un goh mit dol in de Kajüt. Wi möt mol tohoop snacken.« ...

Mühsam erhob Hein sich, und die beiden verschwanden in der Kajüte. Barthold zog die Kap hinter sich zu.

Geerd sah ihnen einigermaßen bedrückt nach und sagte kopfschüttelnd zu seinen Leuten: »Dat ligt jüm ja woll beid in't Blot. Ik war ut den Jungen so mind klok as ut den Olen. Ober se hebbt uns jo dat scheune, gaue Schipp mokt, denn lot jüm giern 'n beten wunderlich wesen.«

Damit segelte er weiter und erprobte sein Schiff in allen Gängen aufs gründlichste. Bei Schulau erst drehte er bei und kreuzte nun in scharfen, förderlichen Gängen nach der Süderelbe zurück. Barthold und Hein blieben unter Deck. Erst als dwars von der Werft die Kette aus den Klüsen rollte, kamen beide wieder zum Vorschein.

»Na, Hein, hest utslopen?« fragte Geerd, als wenn nichts vorgefallen wäre, aber Hein guckte über Bord und gab keine Antwort.

Als die Segel dalgenommen und zusammengebunden waren, wriggte der Junge die Herrschaften mit dem Boot nach dem Sielgraben. Unterwegs sagte Geerd zu ihm und dem Knecht: »Morgen freuh bringt ji jon Krom an Burd, morgen middag krüzt wi üm den hogen Neß, un morgen obend fohrt wi no See.«

Dann begab er sich mit dem Baas in die Dönß und brachte es wegen des Kaufschillings mit ihm in die Reihe. Hein war nicht dabei: er war gleich aus dem Boot gesprungen und unter den Wicheln verschwunden. Barthold sagte bekümmert, daß auch er nicht wisse, was plötzlich über den Jungen Gewalt gewonnen hätte.

»Gesa«, wandte Geerd sich an die Hausfrau, »gew Hein noher man 'n hupten Lepel voll Hambörger Dropens; de schöllt em woll wedder to Been bringen.«

*

Tiefe Nacht und tiefes Schweigen lagen auf der ebbenden Süderelbe. Mal piepte ein Wasserhuhnküken in den Binsen, und mal schwamm eine Kette wilder Enten leise lockend hinter den Staken. Alles aber stand wie im Bann der riesigen Eschen und Pappeln, die wie Riesengestalten vom Deich drohten.

Unten an der Sielkuhle, im Schatten der dicken, knorrigen Wicheln, schmiegten sich zwei Menschen aneinander. Auch sie fühlten diese schwere Sommernacht als eine drückende Last und sprachen nur scheu und flüsternd.

»Hein, ik bün so bang!«

»Emmo, keen schull di wat dohn!«

Dann wies er mit der Hand nach den verschwömme, nen Umrissen der Swoonk, die wie ein Gespensterschiff, wie ein Sarg mitten auf dem Wasser lag.

»Büst du nu tofreden?«

Emma drängte sich fester an ihn und drückte seine Hand.

»Jo, Hein, nu nehm ik di ok.«

Ein unterdrückter Freudenschrei, dann legten seine Lippen sich schwer und heiß auf ihren Mund, und er küßte sie in wilder Freude ein über das andere Mal...

»Kannst du de Kränz in de Masten sehn?«

»Nee, Hein, dat is to düster. Och, wat bün ik ok doch bang.«

»Wollt wi mol raffschippern, Emmo?«

»Wenn uns man bloß keen gewohr ward! Dor up' Woder is't jo noch nich so gruselig as hier twüschen de Bäum.«

Hein nahm Emma auf den Arm und trug sie durch Reet und Schlick nach dem abgeleinten Boot. Leise steckte er den Riemen aus und wriggte fast ohne Geräusch nach dem dunkeln Fahrzeug hinaus. Nur der Riemen knarrte etwas im Wriggloch, und das Wasser gluckste heimlich am Bug des Bootes.

Das Mädchen erschauerte.

Hein befestigte das Fahrzeug mit der Fangelleine am Achterpoller und half Emma an Deck.

»Wat 'n grot, hoch Schipp, Hein, un wat blinkert dat all.«

»Beter gift keen up de Elw«, sagte er stolz und setzte schweratmend hinzu: » *Binnen* ierst, Diern, dor is't moi! Wollt mi mol dol? Ich heb Rietsticken in de Tasch un kann Licht moken.«

Emma entwand sich seinem Arm.

»Nee, nee!«

Dann aber warf sie sich doch in überquellendem Gefühl an seine Brust: »Du müßt ober nich denken, dat ik di dorüm nich liden mag. Hein, Hein, müßt mi nich dull warrn, wenn ik *dat* nich will ...«

Er streichelte ihre Hände und küßte sie. Dann wies er ihr Masten und Segel, Giekbäume und Poller, Winsch und Spill, all das Neue, was er erfunden und ersonnen hatte, so gut es in der Dunkelheit zu erkennen war.

Plötzlich stieß sie ihn hastig an.

»Hein, dor, kiek mol, dor kummt wat.«

»Woneem?«

»Dor achtern. Is 'n Boot, gläuw ik.«

Er spähte in die bezeichnete Richtung und sah einen dunkeln Gegenstand, der rasch näher zu kommen schien. Ruderschläge wurden hörbar.

»De kummt hierher, Hein.«

»Jo«, sagte er dumpf, wie in schwerem Traum.

»Ik will mi versteken. Keen weet, wat dat för een is«, raunte sie.

Er drängte sie eilig nach vorn. »Gau in de Kap rin«, flüsterte er, und als sie die Treppe hinabgetastet war, schob er rasch die Kap zu.

Eine furchtbare Ahnung war ihn überkommen, und eine riesenhafte Angst hing sich mit Bleigewichten an sein Herz. Mit Aufbietung aller Kräfte riß er sich auf und schlich nach dem Achterdeck. Er wußte lange, wer da im Kahn nahte, und wußte auch, daß es keine Flucht und kein Versteckspielen vor diesem nächtlichen Besuch gab. So wollte er sich denn auch gleich zu erkennen geben.

Der Kahn knarrte naher. Eine große Gestalt saß auf der Ducht: Hein fuhr doch arg zusammen, als er sie erkannte ... Geerd war es ...

Da scholl auch schon drohend die tiefe Stimme des Seefischers herüber: »Wokeen is dor an Burd?«

Nun es so weit war, kehrte Heins Besonnenheit zurück. Er sah, daß er oben stand und der andere unten, und das gab ihm Mut. Auch durfte er vor dem horchenden Mädchen keine Angst zeigen. So fragte er zurück: »Wokeen hett dornoh to frogen?«

»De Schipper!«

»Schipper bün ik!«

In diesem Augenblick schoß der Kahn nach gewaltigen Ruderschlägen längsseit.

»Verdreihte Hein, ik will di bi Schipper!«

Hein griff nach einer Spake und erhob sich drohend: »Geerd, nimm di in acht. Bliew hier raf oder dat giwt 'n Unglück.«

Der Fischer aber stand schon an Deck; mit einem gewaltigen Satz hatte er sich über den Setzbord geschwungen.

»Raf von mien Schipp«, herrschte er.

»Scher du di von *mien* Schipp!«

»Raf von mien Schipp«, rief Geerd nochmals.

»Geerd, wees vernünftig un goh!«

»De Deubel schall di!« ... Ein wilder Jähzorn kam über den rotbärtigen Fischer. Im Nu warf er sich auf seinen Gegner und riß ihm die Spake aus der Hand, daß sie dröhnend den Besanmast traf. Dann griff er Hein mit eiserner Faust an die Gurgel, hob ihn hoch in die Luft und warf ihn in rasender Wut über Bord. Das Wasser schrie auf, die Spritzer flogen bis an Geerds heiße Stirn, dann stiegen Blasen auf ... dann wurde es still ... totenstill. Nur das Wasser zitterte noch nach ...

Geerd kam zur Besinnung dessen, was er getan hatte. »Hein, neem büst du«, rief er, und als er keine Antwort bekam, sprang er schnell, in überstürzter Hast in das Boot, löste die Leine und suchte das Wasser ab, immerfort halblaut rufend: »Hein, Hein, neem büst du?«

»Hein, Hein!«

Der Fischer fuhr heftig zusammen. Auf dem Kutter erschien eine Gestalt: Emma, und ängstlich gellte ihr Schrei über das Wasser: »Hein, Hein, neem büst du?

Der Fischer stöhnte qualvoll auf.

»Geerd, wat hest du dohn? Woneem is Hein bleben, Geerd? Du hest em dotmakt, Geerd!«

Da sah Geerd ein, daß er verspielt hatte, und er ließ sich schwer auf die Ducht fallen. Emmas Stimme aber schreckte einige Fischer auf, die eilig angerudert kamen.

Als sie alles erfahren hatten, machten sie sich auf die Jagd nach dem Mörder.

*

Am andern Tage brachten sie den allzu raschen unglücklichen Mann nach Hamburg und lieferten ihn ab. Das ganze Eiland trauerte um die schlimme, unerhörte Tat, und niemand bekümmerte sich um die Reitbuden, die bei der Kirche aufgebaut wurden. Heins Leichnam war nach drei Tagen beim Blumensand angetrieben. Bei der Beerdigung erinnerte der Pastor daran, daß die Chronik bisher nur ein Verbrechen aufgewiesen hatte: einen Brudermord, der nach dem Dreißigjährigen Kriege vorgekommen war ... Nun, Geerd! ...

Er sah Finkenwärder nicht wieder. Die Gefängnisluft wurde ihm zu schwer. Schon nach drei Jahren war der starke Mann verbraucht und wurde auf der Unkrautecke eingegraben.

*

Die Swoonk aber, der stolze Fischkutter, blieb lange Zeit in den Binsen liegen. Barthold der Baas bot sie nicht aus, und niemand traute sich auf das verfluchte Schiff ... Aber es kommen immer neue Menschen ... ein lustiger Junggast vom Auedeich wagte es. Er erstand den Kutter für wenig Geld, kümmerte sich nicht um die Schauer der Geschichte und fährt noch heute mit ihm nach den Fischgründen um Helgoland, ohne mehr Havarie zu haben als andere Fischerfahrzeuge. Er läßt tags seine Flagge wehen und nachts seine Lichter leuchten.

Und so wollen auch wir es machen.

Der Krämer

(aus »Fahrensleute«)

Ich komme vom »Imperator« her, dem größten Schiff der Erde.

Von der Leuchtturmhöhe des Bootsdecks blickte ich auf unzählige Dampfer, Segler, Kräne und Schuppen, hörte ich die lauten Rufe der Arbeit, die durchdringenden Stimmen des Handels, den großen Lärm des Verkehrs, sah ich hundert und aber hundert Schornsteine rauchen, hundert und aber hundert deutsche, englische, holländische und nordische Flaggen wehen. Wie Sturmodem der Nordsee blies der Geist der neuen Hanse, des gewaltigen neuen Hamburg mich an.

Ich komme vom »Imperator« her und sollte von einem königlichen Kaufmann erzählen, der mehr ist, als die Fugger und Welser waren. Dennoch muß ich mich hinsetzen und die Geschichte eines kleinen Dorfkrämers niederschreiben.

*

Hinrich Günt – ich sehe ihn noch, wie ich ihn sah, als er sein Leben fest in beiden Händen hielt.

Da liegt sein großes, blinkendes Boot unten am Bollwerk, tief zu Wasser, denn es ist mit Erdöl und Teer, mit Mehl und Salz, mit Zucker und Kaffee bis über den Dollbaum beladen. Hinrich Günt, der Krämer, wie ich ihn nennen muß, denn er selbst will auch nichts andres sein als ein Krämer und schilt jedesmal, wenn die Briefe und Rechnungen einen Kaufmann aus ihm machen wollen – Hinrich Günt ist gerade mit dem Ebbstrom und förderlichem Ostwind von Hamburg gekommen. Er nimmt das braune Segel herunter, bindet eine Schürze um, krempelt die Hemdsärmel auf und rollt Faß für Faß, schleppt Sack für Sack den Deich hinauf. Seine drei Jungen, der Jan, der Korl und der Hein, helfen, sie tragen die Zuckerhüte, die Kisten und die kleinen Packen nach dem Laden und dem Lager hinauf. Oben hinter der Toonbank steht die Maria, die die zahlreiche Kundschaft zu bedienen hat. Wenn sie einen Augenblick Ruhe hat, blickt sie aus dem Fenster und lächelt über ihren Mann, der mit großen Schritten durch das Gras wandert, und über ihre Jungen, die ihr unter den Kisten und Kasten wie Heinzelmännchen vorkommen.

Als letztes Stück wandert der Ölrock über den Deich, dann reinigt Hinrich Günt das Boot, hängt die Persennige zum Trocknen auf und löst Maria ab. Der Arbeitsmann ist zum Krämer geworden, wie vorher der Fahrensmann zum Arbeiter geworden war. Und der Krämer ist der lustigste von den dreien: er singt, wenn er den Fischern die Farben anrührt, er erzählt, wenn er den Frauen die Butter einwickelt, er lacht, wenn er den Kindern die Schulbücher verkauft. Die Bauern kommen mit Pferd und Wagen von ihren Wurten, die Schiffer mit Böten von ihren Ewern: etwas steht immer im Laden, und zu tun hat der Krämer immer. Erst als die Dämmerung anbricht, hat er den Deich und das Land versorgt. Nun zählt er den Tageserlös, schreibt ihn auf und tut ihn in seine Geldkiste. Dann kommt sein Feierabend: er setzt sich mitten unter die Fischer, die vor seiner Tür auf dem Staket sitzen und von Fahrten und Fängen erzählen. Und wie sein Haus der Mittelpunkt des Eilandes ist, so ist er der Mittelpunkt des Kreises, der alle Gespräche und alle Menschen zu lenken weiß. Viele Zeitungen und viele Leute sprechen aus ihm, und die Seeleute, die keine Blätter lesen, wollen von ihm wissen, was in der Welt und am Deich vorgegangen ist, während sie draußen gewesen sind. Hinrich Günt erzählt, und sein lautes Lachen schallt über das stille Wasser. Vom Fahrwasser her tutet einmal ein Dampfer. Grün, rot und gelb spiegeln sich die Lichter auf der Elbe und in den Ladenfenstern der Krämerei. Riesengroß wachsen die Masten der Fischerfahrzeuge in den Nachthimmel hinein. Der Krämer aber hat keinen Sinn für das, was um sie webt; er zählt sie und freut sich, daß ihrer so viele sind. Er wird morgen wieder einen Berg von Proviant verkaufen, denn Paul Fock und Jakob Mewes und Hein Kölln und Jan Lanker wollen morgen mit der ersten Tide fahren. Viel Teer und Schmeer wird er loswerden, denn Hinrich Schult und Matten Lüß und August Witt und Albert Rolf und Gerd Eitzen wollen teeren und schmeeren, wenn das Wetter gut bleibt, und nach dem Fremdenblatt und dem tiefen Abendrot bleibt es trocken.

»Du kannst woll lachen«, sagt der alte Jörn zuletzt, »di deit dat Woter nix, du sittst innen Dreugen as de Koptein von'en ›Fürst Bismarck‹, steckst eenen Doler no'n annern inne Tasch und lachst uns all wat ut. All dat Geld, wat wi ut de See holt, nimmst du uns af, all den Segen; ober uns Not und uns Sorgen, de nimmst du uns nich af, de lettst du uns alleen. Du nimmst bloß jümmer in, utgeben deist du nix. Wi möt för di mitbetohlen, wenn uns de Seils tweirieten dot, wenn uns de Masten ober Bord goht un wenn een von uns den Kopp op den Grund von de See leggen mutt. Hinnik Günt, Hinnik Günt, du steihst bi de See deep in Schulden, gläuf ik!«

Die Seefischer nicken, der Krämer aber lacht und geht auf andere Dinge über. Als der Deich leer geworden ist und er die letzte Haustür einklinken gehört hat, blickt er aber wie in Gedanken nach Westen, wo die See ist. Steht er wirklich als Schuldner da, er, der doch stets bar bezahlt? Empfängt er immer von dem Meer, ohne etwas dafür zu geben? Weg da, Worte! Jörn hat im Spaß gesprochen; der eine knurrt an Land und der andere auf dem Wasser, und jeder hat seinen hellen Tag und seine dunkle Nacht. Dennoch läßt der Gedanke sich nicht ganz auslöschen, und der Krämer geht ernsten Gesichtes in sein Haus hinein. Irgend etwas hat irgendwo in seiner Seele eine feine Wurzel geschlagen.

*

Die »Sagitta«, der kleine Geestemünder Fischdampfer, über den der Deichkrämer soviel gespottet hatte, ging doch nicht bankerott, sondern bekam sogar bald Genossen auf der See. Bald machte die Elbe es der Weser nach und baute einen Fischdampfer nach dem andern. Immer noch lachte Hinrich Günt, aber er erlebte es doch bald, daß viele junge und alte Seefischer sich dem Dampf zuwendeten, der besser lohnte als das Segel. Peter Jonas wollte sich einen neuen Kutter zulegen, da bekam er die Steuermannsstelle auf der »Solea« und ließ das Bauen sein – und Hinrich Günt war einen guten Kunden los. Ärgerlich stand er in der Tür, als der Dampfer tutend und flaggend im Fahrwasser elbabwärts glitt. Willem Gröhn unterließ das alljährliche Teeren, das könne nicht mehr darauf stehen, sagte er, die Fischdampfer verwüsten die ganze See, es sei nichts mehr zu fangen, und loszuwerden sei erst recht nichts mehr. Der Krämer verkaufte kaum halb soviel Blackvarnisch als sonst. Viele Fischer ließen sogar das Lohen sein und fuhren mit griesen Segeln – und Hinrich Günt konnte sehen, wie er seine Eichenrinde an den Mann brachte. Hannes Loop, der den Winter über etwas aus der See zu holen gedachte, weil der Sommer nicht gelohnt hatte, verscholl mit seinem Ewer. Der Krämer strich schweigend durch, was Hannes bei ihm zu Borg geholt hatte. Er durfte aber auch dann nichts sagen, als die Witfrau zehn Häuser von ihm einen kleinen Laden eröffnete und ihm einen Teil seiner Kundschaft abwendig machte. Jan Harm und Hans Hinnik banden ihre Fahrzeuge an und gingen zu der Baggerei über. Julius Bott nahm seinen Sohn nicht mit nach See, wie er immer gesagt hatte, sondern gab ihn dem Zimmermann in die Lehre, damit er sein sicheres Brot an Land habe. Überall bröckelt es ab, neue Schiffe wurden nur noch selten gebaut, und von den alten blieben immer mehr. Hinrich Günt fuhr schon längst nicht mehr jeden dritten Tag nach der Stadt hinauf, wie früher. Immer länger kam er mit seinen Vorräten aus.

Dennoch war er heiter wie in alten Zeiten und hatte einen festern Blick als jemals zuvor. Mit Fleiß übersah er alle Anzeichen des Niederganges und redete wie kein zweiter von besserer Zeit, die wiederkommen sollte und wiederkommen mußte. Es mußte wieder aufwärtsgehen mit dem Deich und mit der Fischerei. Mit Worten und Taten half der Krämer, ermunterte die Mutlosen, stützte die Wankenden und borgte denen, die kein Geld mehr hatten. Er tat noch mehr: alle drei Söhne ließ er Fischer werden, alle drei, weil sie es wollten. Marias Jammern hörte er nicht. Und als Jan, der Älteste, sein Schifferpatent in der Tasche hatte, ließ der Krämer ihm einen großen, starken Kutter bauen, der der See wohl zu trotzen vermochte.

»So krieg ik Kundschaft«, lachte er, als er das Fahrzeug zum erstenmal verproviantierte. Jan trat ans Ruder des schmucken Fahrzeugs und pflügte einen glücklichen Sommer die See. Große Reisen machte er, von denen sie am Deich sprachen, der Krämer am meisten. Hinrich Günt sagte es jedem, er mochte es hören wollen oder nicht, daß er recht gehabt hatte und daß die Fischerei immer noch das beste Geschäft von der Welt sei, wenn der rechte Kerl es betriebe. Wie wehte seine deutsche Flagge über dem Giebel, wenn der grüne Kutter die Elbe heraufkreuzte und seinen langen, blauen Stander im Winde flattern ließ! Mit welchem Behagen setzte er sich zu Tisch, wenn es gebratene Schollen gab, die sein Jan hinter Helgoland gefangen hatte! Wie lustig war er auf Jans Hochzeit. Wie hat er gesungen und getanzt und was hat er alles vorgetragen!

Jan Günt war ein unerschrockener Gesell, er wagte, was noch keiner vor ihm gewagt hatte, er nahm die winterliche Austernfischerei auf, das Todeshandwerk, klüste die ganzen Sturmmonde inmitten der Nordsee und verdiente Tausende, ohne irgendwelche Havarie von Belang zu machen. Das war ein Heldenstück wie das des Winkelried! Der Krämer konnte sich nicht genug damit tun, daß sein Fleisch und Blut dem Eiland den neuen Weg gewiesen hatte. Und wirklich wirkte das kühne Beispiel: es regte und reckte sich in der Jungmannschaft, und an der Aue und der Süderelbe legten die Zimmerleute die Kiele zu Austernkuttern. Hinrich Günt war wieder der Baas des Deiches geworden.

Nach einem glücklichen Sommer klingender Schollentaler blieb aber Jan mit seinem großen Kutter. Ein übergewaltiger Südweststurm packte ihn unter der englischen Küste, jagte ihn über die ganze Nordsee und drückte ihn im Skagerrak in die Tiefe. Maria verhängte die Fenster, als keine Hoffnung mehr war, und saß weinend mit ihrer Schwiegertochter in der halbdunkeln Achterdönß: der Krämer aber stand trockenen Auges und ungebeugter Gestalt hinter der Toonbank und wahrte sein Geschäft. Den Kummer fraß er nach niederdeutscher Art in sich hinein, über seine Lippen kam kein Wort der Klage. So geruhig blieb er, daß sie am Deich darüber sprachen. Nach Wochen gewann er sogar seine Fröhlichkeit zurück und segelte wie sonst mit leuchtendem Segel nach Hamburg hinauf, um seine Waren einzukaufen.

Im Frühjahr kam Korl, der zweite Sohn, von Blankenese herüber und sagte, daß er einen Macker, einen Teilhaber, aufgegabelt hätte, und einen guten Kutter hätte er auch an der Hand. »Büst nich bang worden?« war alles, was der Krämer fragte. Und als der junge Fischermann lachend verneinte, da war es gut, und er bekam das Geld, das er gebrauchte. Nur zu dem Macker sagte Hinrich Günt nebenbei, ohne einen Ton darauf zu legen, daß die Verwegenheit auf See auch nicht immer das Beste sei.

Bei der Fischerei des Zweiten lebte er dann wieder völlig auf, wenn er von Korl auch nicht soviel zu sagen und zu prahlen hatte, denn der war besonnen und mied die Stürme. Aber bei aller Vorsicht behielt Korl doch nur zwei Jahre den Kopf oben, dann mußte das Hamburger Seeamt ihn für verschollen erklären. Wieder verhängte Maria die Fenster, und wieder weinte sie wochenlang, aber in Hinrich Günts Augen kamen wieder keine Tränen, und wieder verließ er seinen Platz hinter dem Ladentisch nicht. Wieder sah ihm niemand etwas an. »Hinnik, Hinnik, ween doch mol, bed doch mol«, schrie Maria einmal mit gerungenen Händen auf, als er wieder unbewegt aus dem Fenster sah, aber er sagte nur kurz: »Dat kann ich nich!« – und würgte wieder alles in sich hinein, was sich lösen wollte. Dann schrillte die Glocke, und er ging, um zu verkaufen.

So überwand er auch diesen schweren Schlag, und beim Kaffeebrennen oder beim Teerkochen kam ihm schon bald wieder ein halbes Lied in den Sinn, soviel Tragkraft hatte seine Seele noch zu jener Zeit.

*

Hein, der Jüngste, kam vom Mariner. Ein sonnengebräunter Junggast, hatte er seine drei Jahre in China abgerissen. Fischen wollte er nicht wieder, sagte er, und der Krämer war es zufrieden, daß er sich um einen Posten beim Zoll oder bei der Hafenpolizei bemühte. Hinrich Günt ging selbst mit ihm nach den Bureaus und sprach mit den Herren. Aber es wollte nicht glücken. Hein wartete von einer Woche zur andern und fand doch keine Anstellung. Er könne ihm ja im Geschäft helfen, meinte Hinrich Günt, aber daran hatte Hein kein Gefallen. Neun Jahre hatte er zur See gefahren, um nun Tüten zu kleistern? Oder er könne ja auf den Bagger oder die Leichter gehen? Ein Schleppdampfer sei auch noch lange nicht das schlechteste Handwerk. Aber auch davon wollte Hein nichts hören: wenn er schon fahren solle, sagte er, dann wolle er auch etwas Ordentliches beschicken, dann wolle er bei seinem alten Törn bleiben und wieder fischen. Hinrich Günt widersetzte sich lange, endlich aber gab er nach, denn der Junge konnte es zu Hause zuletzt nicht mehr aushalten und wäre davongelaufen. Als Hein ein halbes Jahr auf einem Kutter gefahren hatte, sprach der Krämer mit dem Zimmerbaas und bestellte wieder einen Hochseefischerkutter. Und Hein Günt freute sich zu dem Schiff und setzte getrost seine Segel auf, ohne sich um die Vergangenheit zu sorgen. Es ging auch alles gut, Hein fischte gut und fuhr glücklich, jahrelang. Der Krämer half ihm beim Malen, beim Lohen, beim Netzmachen, alles mit dem geheimen Gedanken, die See zu versöhnen. Aber es half ihm nichts. Den fünften Herbst tat der Pastor von der Kanzel herab auch für Hein Fürbitte, ohne daß Gott den Kutter wiederkommen ließ. Dieser Schlag warf Maria aufs Krankenlager, von dem sie nicht wieder aufstehen sollte. Der Krämer aber blieb abermals regungslos in seinem Laden stehen, und keine Miene verriet, was in seiner Seele vorging, kein Wort leuchtete in ihre Gründe hinein. Der Pastor redete mit ihm, aber auch das brachte ihn nicht aus seinem starren Schweigen heraus. Nur einmal sagte er: »Ik hebb nu allens betohlt«, aber der Geistliche verstand es nicht und ging deshalb nicht darauf ein. Sie glaubten am Deich, er würde irre werden, aber Hinrich Günt blieb geruhig und vernünftig, wenn er auch nicht mehr singen und lachen konnte. Er hatte die Tür seines Herzens zugeschlossen und den Schlüssel in die Tasche gesteckt. Nur als Geschäftsmann, als Krämer lebte und sprach er noch, alles andere war für ihn nicht mehr da, und um die kranke Frau bekümmerte er sich wenig. Er hatte alles bezahlt und alles nach Krämerweise durchgestrichen. Darin irrte der Krämer aber, er hatte noch nicht alles bezahlt und erfuhr es drei Monate später, als er hinter dem Sarge seiner Frau durch den Schnee schritt, starren Blicks und geballter Fäuste. Der ganze Deich ging hinter ihm, denn Maria war eine herzensgütige Frau gewesen, und viele Frauen weinten, Hinrich Günt konnte aber auch diesmal keine Tränen weinen und kein Wort sagen, er drückte auch diesen Schmerz mit eisernen Fäusten zu Boden und ging über ihn hinweg. Mit Grauen sahen sie ihn tränenlos in das Grab blicken.

*

Nun war er nur noch Krämer. Und dem Krämer ging es noch einmal wieder gut. Sein Geschäft hob sich vorübergehend wieder, denn sein schweres Schicksal brachte ihm in der ersten Zeit viele alte Kundschaft zurück, die ihm abtrünnig geworden war. Alle wollten etwas tragen helfen. Sie wußten, daß er viel Geld bei seinen Söhnen verloren hatte, und wollten nicht, daß er verarme. Und Hinrich Günt verdiente wieder gut, und nach und nach lernte er auch wieder erzählen und hatte wieder seinen Kreis von Fahrensleuten um sich. Nur von seinen Söhnen sprach er niemals: seine Seele war mit Ketten umwunden, die niemand lösen konnte.

Nach langen Jahren erst erfüllte sich des Krämers Schicksal, da erst griffen unsichtbare Hände nach ihm und rüttelten seine Seele, bis die Ketten zersprangen. Nach langen Jahren erst. Hinrich Günt sah erst noch den großen Untergang der Fischerei, die Flucht von der See, das langsame Sterben der alten Schiffe und der alten Fischer. Und wenn er auch keinen rechten Anteil daran nahm, so brachte er doch alle alten Fahrensleute mit nach dem Kirchhof und nahm den Hut ab, wenn das letzte Vaterunser gesprochen wurde.

Auch sein Geschäft starb langsam. Wie an einem Weihnachtsbaum ein Licht nach dem andern erlischt, so mußte er eine Ware nach der andern aufgeben, weil er keine Abnehmer mehr dafür finden konnte. Aber hoch hielt er immer noch seine Krämerehre: keiner konnte etwas über seine Ware und über sein Gewicht und Maß sagen.

Eines Tages segelte er wieder einmal nach Hamburg hinauf, um einige Einkäufe zu machen. Die Sonne schien, und die blinkende Elbe war voll von Schiffen, voll von Fischerjollen, Fischerewern und Fischerkuttern. Dem alten Krämer wurde anders zumute, als er sich von allen Seiten angerufen hörte. Wie viele Segel waren auf dem Wasser! Kam die alte Zeit zurück, hob die Fischerei sich wieder, ging es abermals vorwärts? Gute Gedanken im Kopf, klopfte der Krämer die Kontore und Speicher seiner Lieferanten ab und kaufte mit dem gewissen Wort des erfahrenen Handelsmannes, der weiß, was er haben will und was er bezahlen kann. Danach lockte ihn eine Versteigerung, von der er in der Zeitung gelesen hatte, und er ging hin und hörte eine Weile zu. Ein Posten Butter kam unter den Hammer, zwölf Fässer waren es. Hinrich Günt trat mit den andern Bietern näher und kostete. Gut war die Butter, daran war kein Zweifel. »Die jeht für'n Ei un Butterbrot weg«, sagte ein Berliner. Der Auktionator setzte sie wirklich so niedrig ein, daß Hinrich Günt aufblickte. Langsam und zögernd folgten die Gebote. Da erwachte der Krämer in Günt, er sah ein gutes Geschäft vor Augen und dachte an die vielen Fischerfahrzeuge, die alle bei ihm kaufen mußten: schon hatte er mitgeboten, schon fiel der Hammer nieder und schon hatte er die zwölf Fässer Butter erstanden. Den ersten Augenblick wunderte er sich über die Schnelligkeit, mit der es gegangen war, dann aber ließ er den guten Kauf gelten, holte sich einen Löwen und brachte die Butter mit dessen Hilfe nach seinem Boot. Befriedigt, seines Handels froh, segelte er die Elbe hinunter, denn einige hundert Mark waren ihm seiner Berechnung nach sicher. Vor sich hinsummend, band er das Boot an und rollte die Fässer über den Deich. Da aber kam Regine, seine verwitwete Schwiegertochter, aus der Tür, sah die Butter und forschte erstaunt, warum er denn so viel gekauft habe, so viel Butter bei dem heißen Wetter und dem schlechten Geschäft: die würde er ja nie und nimmer los, und sicherlich verdürbe sie ihm, das könne ja gewiß nicht angehen, sagte sie.

»De wollt wi woll loswarrn«, sagt der Krämer geruhig und arbeitet weiter. Die Butter sei so billig, daß der ganze Deich angelaufen komme. Aber die Witwe gibt sich damit nicht zufrieden, sie kann die Unklugheit, wie sie es nennt, nicht begreifen, und redet und redet, daß es zuviel sei, daß es zuviel sei und daß die Butter sich nicht halte. »Wees still, Deern«, ruft der Krämer, schon etwas verdrießlich, »ik kenn mien Geschäft beter as du!« Sie ist aber nicht still, sondern jammert weiter, sie ruft die Nachbarn heran, und als diese ihm auch Vorstellungen machen, da wird er nachdenklich. Und als er erst ins Grübeln hineingeraten ist, vermag er nicht wieder herauszukommen, und er fängt allmählich an, seinen Kauf zu bereuen. Am meisten verdrießt es ihn, daß Frauen und Fischer mehr von seinem Geschäft verstehen wollen als er. Gewiß, er hat sich zuviel auf den Hals geladen, aber ist das nicht seine Sache? Was geht es andere Leute an? Kann er sein Geschäft nicht mehr versehen?

Der letzte Balken, der sein Gebäude noch trägt, beginnt zu wanken, denn es geht um seine Krämerehre. Er ist ein schlechter Geschäftsmann gewesen, davon kann er sich nicht freimachen, immer wieder wälzt er den Gedanken vor sich her, wie vorher seine Fässer.

Den nächsten Tag ist er auch äußerlich unruhig. Regine drängt ihn, nach Hamburg zu fahren und mit seinem alten Butterlieferanten zu sprechen, damit er ihm wenigstens einen Teil der Ware abnähme. Hinrich Günt geht wirklich, aber es ist ein schwerer Gang für ihn. Er kann auf dem Deich keine Leute angucken, denn er meint, daß sie ihn schon wegen seiner verfehlten Spekulation ansehen. Und zu seinem Butter, mann kommt er mit dem schlechten Gewissen eines Bankrotteurs. Aus Gefälligkeit nimmt der Lieferant ihm sofort acht Fässer ab, macht aber zur Bedingung, daß die Ware ihm der Leute wegen in der Dunkelheit gebracht werde, was der Krämer auch zusagt.

Dann kommt die Nacht.

Der Krämer rollt die Fässer heimlich über den Deich, setzt sie in das Boot und deckt sie zu, als wäre es Diebes- oder Schmuggelgut. Dann wriggt er leise aus dem Sielgraben, damit der Deich ihn nicht hören soll. Draußen zieht er das Segel auf. Es ist schon reichlich spät geworden: wenn er die Stadt vor Tagesanbruch erreichen will, muß er sich beeilen. Er will deshalb versuchen, gerade über den Schlickfall nach dem Fahrwasser zu segeln, um den Weg abzukürzen. Aber das Wasser ist schon etwas abgeebbt, und er kommt nicht hinüber: inmitten der Binsen stößt das Boot auf und bleibt sitzen. Der Krämer steht auf, ergreift den Haken und beginnt zu schieben, aber er schiebt das Fahrzeug erst noch höher auf das Trockene, und als er seinen Irrtum einsieht und zurück will, da sitzt er völlig fest, denn es ist Springtide gewesen, und das Wasser fällt sehr rasch. Der Krämer wird immer unruhiger und aufgeregter, er zieht Stiefel und Strümpfe aus, klettert barfüßig über Bord und versucht, das Boot über den Schlick zu ziehen oder zu schieben, aber es geht nicht mehr, denn der Kiel hat sich schon im Schlick festgesogen. Wie arbeitet Hinrich Günt, wie stemmt er den breiten Rücken gegen den Bug des Bootes, wie rüttelt er am Dollbaum, wie reißt er an der Ankerkette! Wie ein Tier springt er von einer Seite nach der andern. Die große Angst ist in seine Seele gekommen und dehnt sich dort ins Riesenhafte. Von allen Ecken greift es mit Händen nach ihm, überall ruft und gespenstert es, schwarze Segel wachsen vor ihm aus den Binsen, überall wanken Lichter, fern braust es wie die See im Sturm. Hinrich Günt stöhnt dumpf und qualvoll auf, aber er läßt nicht ab, immer wieder wirft er sich gegen das regungslose Boot. In diesen Stunden der Angst um das Morgengrauen, der übermenschlichen Arbeit überwältigte das Schicksal den klaren, starken Geist Hinrich Günts: alles, was sein Wille gefesselt hatte, befreite sich jetzt, kroch aus den dunkeln Ecken hervor und überfiel den armen wehrlosen Menschen, der bis an die Knie im Schlick stand und dem die Schweißtropfen von der Stirn rannen.

*

Als es Tag geworden war, brachten die Elbfischer einen irren Mann an den Deich, und der irre Mann war Hinrich Günt, der Krämer. Er war nun bankrott in seinen Gedanken, es hätte in allen Zeitungen gestanden, daß er sich verspekuliert habe, und niemand dürfe mehr bei ihm kaufen, sagte er immer wieder, er müsse nun verhungern. Dann wieder: sie kämen, um ihn zu holen. Verkaufen wollte er nicht mehr, er dürfe es nicht, sagte er, und schickte die Leute wieder nach Hause. Regine ließ die Butter beiseiteschaffen, sagte ihm, sie sei verkauft, und redete ihm freundlich zu, aber er kam nicht wieder zu sich. Nachts aber rang er mit Gott um seine Frau und seine Jungen, betete und weinte. Tag und Nacht ließen sie ihn nicht mehr aus den Augen und sprachen davon, daß sie ihn nach dem Krankenhause bringen wollten, da wurde er mit einem Male wieder still und geruhig, gab sich heiter wie in alter Zeit, bediente im Laden und tat ganz vernünftig. Da ließen die ermüdeten Nachbarn sich täuschen und gönnten sich einmal Ruhe.

In der Nacht aber stand Hinrich Günt am Dachfenster und wartete auf die Leute, die ihn holen wollten. Und als er sie schwarz den Deich entlang kommen sah, schlich er die Treppe hinab, strich alles durch, was in seinem Kontobuch stand und schrieb auf die letzte Seite: Alles bezahlt! Hinrich Günt.

Dann kroch er nach dem Boden zurück und erhängte sich.

Sturm

(aus »Seefahrt ist not!«)

In der engen, niedrigen Kajüte schwelte die Lampe und zitterte und schwankte in ihren messingenen Ringen hin und her, dann und wann so stark, daß das Glas ein Klingen angab und daß das Licht blitzartig aufzuckte. Trübe war ihr Schein, eben daß das Barometer zu sehen war, das seit Mittag noch ein Stück gefallen, eben daß er zu lesen war, der silberne Spruch:

In allen Stürmen, in aller Not,
Wird er dich beschirmen, der starke Gott!

Eben daß die beiden Bilder zu erkennen waren, die hüben und drüben über den Kojen hingen. Hier wie dort ein frisches Mädchengesicht, reiche, dunkle Flechten, hier wie dort große, unschuldige Kinderaugen, hier Geeschen und dort Geeschen.

Geeschen Saß! Die war ein Kind, das spielte und lachte, gab jedem der beiden ihr Bild, sprach gleich freundlich mit dem anderen und mit dem einen, setzte sich sorglos zwischen sie...

Nun war der Sturm geboren!

Nun flackerte die Lampe, nun scheuerten die Bilder an der Bordwand, nun flogen Pütt und Pann von einer Seite nach der andern, nun prallten die Seen furchtbar gegen die Steven und ergossen sich über Deck, und der Wind heulte durch Taue und Wanten.

Nacht war es, eine Herbstnacht auf der kleinen Fischerbank, weit... weit hinter Helgoland.

Da müssen sie an Bord sein: Bibel, Kompaß und Menschenwille; anders ist dem armen Fischerkutter nicht zu helfen. Mit einem Male schrie der Sturm lauter, die Kap wurde aufgerissen, eine weiße See schäumte herüber und schlug prasselnd auf die Lohnen, dann ließ sich ein Stampfen hören, das Luk wurde zugeschoben, und ein Fischer fiel schwer auf die Bank nieder. Junge, wat süht dien Jack ut!... Alles troff von Wasser, das junge Gesicht, der Südwester, der Ölrock. Was für eine Gelegenheit! Immer in Gesicht und Schaum stehen und bei jeder überkommenden See sich an den Wanten anklammern... das macht müde... Und dabei die Kälte, die bis ans Herz griff!... Die hereingebrochene Nacht... was mochte die nun noch bringen? Er sah wie verzagt nach der Lampe, dann beugte er sich vor und drehte sie höher. Doch ein Stückchen Licht noch auf der Welt... Wäre es doch nur erst Morgen... nur erst wieder still...

Drehte das Fahrzeug sich um? Flach auf der Seite lag es ja bald... Nein – es richtete sich wieder auf. Der Junge erhob sich: lieber oben an Deck schwimmen, als hier unten lebendig begraben sein. Damit aber besann er sich, daß er essen sollte, und suchte im Wandschrank Butter und Brot und im Kessel schwarzen Kaffee. Dann kaute er, die Füße gegen das Ende der Bank gestemmt, um einen Halt zu haben. Die beiden Brüder da oben, ob sie nun auch noch aneinander vorbeisahen? Er guckte nach den Bildern. Die sollte schuld sein! Die war es, die beide haben wollten, und einer konnte sie doch bloß kriegen. Hol's der Deubel – er, Hinnik Rust, hätte sich gleich den ersten Tag für Jan entschieden, denn erstmal war der der ältere und dann der größere und der stärkere, der ruhigere, der vernünftigere...

So in Gedanken schraubte er das Licht hinunter und ging nach oben. Mit ihrem wildesten Gebrüll und Gekeuch empfing ihn die nordische See.

*

Nicht lange glomm das Licht so trüb. Eine Menschenhand drehte den Docht wieder hoch. Jan stand in dem kleinen Raum und schüttelte das Wasser ab und knöpfte den Rock auf. Sah nach dem Wetterglas und bemerkte, daß der Zeiger noch wieder drei Striche heruntergegangen war. Blickte ernst nach dem Silberspruch und nickte. Und schaute das Bild an, das über seines Bruders Koje hing. Das Mädchen kam ihm fremd vor, war gar nicht seine Geeschen gegenüber...

Ein Riese war er, dieser Jan. Wenn er in der Kajüte stand, wußte er nicht, wohin er mit dem Kopf sollte, und saß er, dann hatte er mit den Beinen seine Not... Immer heiteren Sinnes, dieser Jan, still, gelassen und besonnen wie ein Kind. Nichts brachte ihn aus der Ruhe. Auch damals lachte er vor sich hin, als sie ihm von Geeschen und

Harm erzählten, und sagte nur: »Schall woll so wesen: *een* Mudder, *een* Schipp, *een* Deern.«

Nur heute war es anders, und so wenig man es ihm ansah: in seiner Brust war alles gelöst, alle Muskeln spannten sich an, das Herz schlug schneller, und die Sinne waren ins Ungemessene gewachsen. In seinem Kopfe arbeiteten die Gedanken... Nicht Angst war es, nicht Furcht, die ihn durchjagte, Sorge, bange Sorge um die Mutter am Deich, die auf ihre alten Tage nicht plätten und reinmachen sollte für fremde Leute, um Geeschen, die nicht schwarz gehen und nicht weinen sollte, um den Bruder, der immer sein Bruder blieb, um den Jungen, um sein stolzes Fahrzeug, um sich selbst. *Der Wille zum Leben*, der war es. Was stand dagegen?... die kleine Fischerbank, der schwache Junge, der Bruder, dem alles gleichgültig geworden war, und der ebensogern die Hände in die Taschen steckte, als daß er beim Neffen half... Was stand dafür?... ein neues, starkes Schiff, neue Segel, neue Masten und ein sturmgewohnter Mann – er selbst!

Damit kroch das Licht wieder zusammen, und er ging an Deck...

Dunkel, dunkel... und nun war wohl das Ende da? – Stand der Kutter steil in der Luft? Überschlug er sich wie ein Tümmler, der heisterkopf schießt? Rissen Geisterhände Geeschens Bild herunter und warfen es zu Boden?

Es *schien* nur so; das Fahrzeug stand wieder auf. Nur das Bild blieb liegen unter den Glasscherben ...

Die knirschten unter den schweren Seestiefeln. Harm bückte sich, griff nach dem Bild und richtete sich jäh auf. Ein Wutgestöhn entrang sich ihm, als er den Platz über *seiner* Koje leer fand. Nicht einen Augenblick kam ihm der Gedanke, daß es hinuntergeschleudert sein könne – – er, Jan, hatte es heruntergerissen und ihm vor die Füße geworfen. O – der Hund der! Er sah das Bild an. Ja, die Geeschen, die wußte vor Angst nicht, wen sie nehmen sollte... Also – – – mußten sie sich darüber einig werden!

Vor Angst? Dann also liebte sie ihn, Harm! Denn liebte sie Jan, so brauchte sie vor dem Bruder nicht bange zu sein: der riesige Jan nahm es ja mit jedem auf – er war der Stärkere. Hier, hier hatte er oft gestanden und den Atem angehalten, wenn Jan schlief. Und sich auf ihn werfen wollen, aber die Vernunft hatte ihn jedesmal zurückgehalten... Da lag das Bild ... Jan konnte machen, was er wollte... Was Sturm und Lebensgefahr! Wenn sie blieben – seinetwegen! Kamen sie zurück, dann nahm Jan sich Geeschen, gingen sie unter, dann kriegte sie wenigstens keiner. Einen anderen Weg gab es nicht! Gab es nicht? Er hielt an ... wenn er allein heimkam ... wenn Jan nicht mit zurückkehrte... wenn er über Bord schlug? Das wäre ein Unglück... aber wenn er dem Unglück den Arm lieh ... ein Stoß ... ein Schlag ...

Rief da einer? War es schon geschehen? Das Unglück?... Hastig steckte er das Bild in die Koje, dann schritt er nach oben.

*

Novembersturm.

Sargdunkel der Himmel, kein Mond, kein Stern, keine Wolke zu sehen. Sargdunkel die See, kein Licht, keine Leuchte, kein Segel zu erblicken. Nur im Umkreise von zehn Faden geistern die weißen Häupter der Wogen auf. Gespenstisch flackert der rote Schein des Steuerbordlichts bald hier, bald dort auf dem Wasser. Von allen Seiten wälzen sich die Seen über das Deck, das ein Gischt und ein Schaum ist. Eine Sprühflage nach der andern saust herüber. Der Kutter stampft und zittert in dem kochenden Wasser. Bald saust er gegen den Himmel, bald schießt er tief hinunter, bald liegt er glatt auf der See. Wie wild hauen die gerefften Segel, wie toll hämmern die Schoten, ängstlich knarren die Gaffeln. Um alles aber rast der Sturm, sausend, stöhnend, heulend, brüllend.

*

Der Kompaß suchte zitternd seinen Pol. Hinter ihm, im Steuergang, stand Jan. Er hatte sich mit einem Tau an den Besanmast gebunden, und auch das Steuer hatte er mit zwei Stroppen in der Gewalt. Unaufhörlich brachen die Seen über Deck. Der Gang konnte sie nicht so rasch verschlucken, so watete er bis zum Knie im Wasser. Das aber beachtete er nicht: ihn kümmerten der Kompaß und die Segel und die See.

»Fastholn!« rief er jedesmal, wenn er eine große Woge heranfegen sah. Dann stürzte sie auch schon über den Setzbord.

»Fastholn!« scholl es immer wieder.

Der Junge umklammerte bei jedem Stoß die Ducht des Bootes mit beiden Armen und machte die Augen zu. Auch er hatte ein Tau um den Leib.

Nur Harm war nicht angebunden. Er stand an der Fockschoot und griff mit der Hand nach den Wanten, wenn er es weiß und hochgetürmt ankommen sah.

»Goh man dol«, rief er dem Jungen zu. Der antwortete nicht, tat, als ob er nichts gehört hätte. Jan aber hatte es vernommen.

»Man dol, Hinnik, ehr du uns ober Burd kummst«, grölte er, und auf das Wort knotete Hinnik Rust sich los und ging nach unten.

Harm lachte kurz auf. So ... nun war er allein mit ihm. Nun konnte es kommen, wie es wollte. Wie er es wollte...

Jan wischte sich mit dem Ärmel die Augen. Dwars ab – blinkte da nicht ein Licht – oder trog es ihn? – Es trog! – – In dem kleinen Hause am Deich ... da brannte wohl Licht. Da saß wohl nun die alte Frau und horchte auf das Brausen des Windes und legte den Strumpf beiseite und holte das Psalmenbuch her und las mit bebenden Lippen... Harm! Harm! Was beugst du dich vor? Was siehst du nach dem andern? Das ist dein Bruder. Harm! - - - - - - - - - - - - -

Die große See, die große See! - - - - - - - - - - - -

Wie Eisen stieß sie gegen den Steven, wie Eisen rollte sie über das Deck und – Harm nahm sie mit ... Mit beiden Armen hatte Jan ihn gefaßt und hielt ihn fest. Im Nu hatte er sich über die Reling geworfen, als er den Bruder stürzen sah, und ihn noch eben gepackt. Weit über Bord gebeugt, lag er auf dem Achterdeck. Das Tau hielt ihn. Schwer wie Blei hing Harm an seinen Armen. Hin und her warf ihn die See, und Woge über Woge ging über ihn hin. Auch Jan mußte viel Wasser schlucken. Er versuchte sich aufzurichten, aber es ging nicht, der Bruder war zu schwer. Wieder und wieder reckte er sich – vergebens. Seine ganze Kraft bot er auf – und mußte sich wieder ermattet sinken lassen. Er hing zu weit über, und der Körper war zu schwer. Er fühlte, wie seine Macht nachließ, wie seine Hände in dem eisigen Wasser erstarrten. Aber er hielt den Bruder.

Der war schon fast matt und rührte sich kaum noch. Nur einmal bat er: »Lot mi los, Jan!«

Aber der tat es nicht.

Er rief nach dem Jungen mit überlauter, gellender Stimme, doch der Sturm ließ den Laut nicht weit kommen. Er wollte sich wieder aufrichten, aber seine Arme erlahmten ... Es ging zu Ende ... Er fühlte es ...

Das Tau schnürte ihm den Körper zusammen ... Das Tau? ... Wenn er sich losmachte und es dem Bruder unter die Arme durchlegte? Aber er mußte einen Halt haben. Den Polder! Mit beiden Beinen klammerte er sich daran fest, dann machte er sich die rechte Hand frei und hielt den Bruder mit der linken. Jetzt durfte keine große See kommen! Dann waren beide geliefert. Hastig knotete er das Tau los... wie eiserne Krampen umschlossen die Beine den Polder ... schlang es um den Körper, knotete fest... dann löste er die andere Hand ... der Bruder versank. Jan richtete sich auf und stellte sich hoch und breitbeinig hin und griff nach dem Tau. Und nun er auf den Füßen stand, war es ihm möglich, Harm an Deck zu ziehen.

*

Der Junge erschrak, als er den Besuch eines halbtoten Mannes bekam, dann aber zog er ihn aus, rieb ihn, gab ihm ein paar Tropfen aus der Medizinkiste und suchte ihm trockenes Zeug her. Und freute sich, als Harm wieder zu sich kam.

Gerade war er auf der Diele zugange, und Harm starrte wie träumend vor sich hin, da holte das Schiff gewaltig über – und die andere Geeschen lag zersplittert am Boden.

Harm sah es – dann besann er sich – langte nach den Stiefeln und zog den Ölrock an, und als der Junge verwundert fragte: »Geiht all wedder, Harm?« – da ging er schon die Treppe hinan.

Um seinen Mund aber lag es wie Feiertag, und in seinen Augen glänzte eine heilige Freudigkeit. Das machte, er war ein *Mensch* geworden.

Jan stand angebunden am Steuer.

Er streckte ihm die Hand hin: »Jan!«

»Harm!«

Was wollte da noch der Sturm?

Finkenwärder Karkmeß

Sonnenwende, Sonnenwende!

A und O von Finkenwärder, der kleine schwarze Ewer H. F. I, Jan Sieverts Hoffnung, und der große, weiße Kutter H. F. 190, Jakob Cohrs' Möwe, die noch die Kränze vom Stapellauf in den Toppen flattern hatte, lagen im Köhlfleet beieinander und um sie herum und auf den Schallen ankerten wohl hundertfünfzig große Ewer und Kutter. Schwarz, grün, rot und weiß spiegelten die Steven sich im Wasser und jede Farbe hatte ihren eigenen Sinn.

Schwarz rührte von den alten Fahrensleuten her, die als die ersten das Watt hinter sich ließen und sich auf die offene See wagten, die bei Helgoland und Terschelling die dunkeln holländischen Logger und die schwarzen englischen Smacken sichteten. Sie hatten auch weder Zeit noch Geld, das Fahrzeug anzumalen und aufzuzieren.

Grün brachten die Bauernjungen auf, als sie die Pflüge verrosten ließen und sich auf die Seefischerei warfen. Sie wollten auf der grauen, kahlen See an ihre grünen Felder und Wischen, an ihre Linden und Eschen erinnert sein, wenn sie kein Land in Sicht hatten.

Rot erwählten sich die glücklichsten Fischerleute, die Störfänger und Beutemacher, die Schollenkönige, die gern etwas Besonderes aufzuweisen haben wollen und denen es auf den teuern Zinnober nicht ankam.

Weiß aber war die erklärte Farbe der jungen Fischer, die noch dabei waren, ihr Marinerzeug aufzutragen, und die noch draußen klüsten, wenn andre schon im Hafen lagen. Einer von ihnen wurde gewahr, wie prächtig seinem Kutter der weiße Berg von Schaum und Gischt vor dem Steven zu Gesicht stand, und binnengekommen wußte er nichts Besseres zu tun, als den Bug weiß zu malen, damit das Schiff beständig im Schaum wühle.

Hochwasser!

Eine schlanke östliche Brise bläst von Hamburg herunter, umstreicht Heitmanns weißen Leuchtturm und die mächtige Königsbake, das alte Wahrzeichen von Finkenwärder, rauscht durch das Reet des Pagensandes und läßt die Flögel tanzen: es ist ein Plan zum Fahren, wie er nicht besser sein kann. Und doch bleiben alle Fahrzeuge liegen: nirgends werden die Segel aufgezogen und die Draggen aufgehievt. Wahrlich, es muß ein großes Ding sein, daß diese mächtige Flotte, die gewaltigste der deutschen Küsten, im Hafen festhält und die Helgoländer Bucht vereinsamen läßt!

Es ist ein großes Ding: Karkmeß ist da, der Jahrmarkt, der Sonnwendtag der Finkenwärder Fischerei, ein Tag von so großer Bedeutung und so tief eingreifend in das Leben und Treiben des Eilandes, daß es Ehren- und Notsache jedes Fischers ist, heimzufahren und dabei zu sein. Knecht und Junge würden schöne Gesichter machen, wenn sie Karkmeß nicht kriegten, und bei den Nachbarn hieße es: »Den geiht dat jo woll bannig lütj: he is jo ne mol Karkmeß bi Hus ween!«

Von Finkenwärder erzählen und Karkmeß vergessen, hieße nach Rom reisen und den Papst nicht sehen, denn Karkmeß ist die große Sonnenwende von Finkenwärder, ist der Nordstrich auf seinem Kompaß und Mittelpunkt der Zeitrechnung der Seefischer. Soundso viel Reisen vor Karkmeß oder soundso viel nach Karkmeß, das hört einer am Deich auf Schritt und Tritt und »söben Weeken vör Karkmeß« oder »fief Weeken no Karkmeß« sind genaue Zeitangaben, über die kein Zweifel aufkommen kann. Karkmeß teilt das Jahr: es ist die Grenze zwischen der Schollenzeit und der Zungenzeit. Vor Karkmeß werden in schnellen Reisen nur Schollen gefangen, die lebend an den Markt gebracht werden: nach Karkmeß geht es auf die Zungen los, die auf Eis gepackt werden: da sind die Reisen länger und mühseliger und das Geld hat nicht mehr den hellen Klang der Schollentaler.

Die Sonne steht am höchsten: Wotan will nach Süden reiten, aber ehe er sein weißes Roß, den Sleipner, wendet, hält er einen Augenblick in Gedanken inne, und diesen Augenblick benutzen die Finkenwärder Fischer, um ihr Sonnwendfest zu feiern. Ehe sie den dunkeln Nächten entgegensegeln, wollen sie sich der Sonne und des Lebens freuen, wollen sie einen Tag lachen.

Wer das nicht kann, wer bis Karkmeß nicht seinen guten Schilling verdient hat, der holt den Rest des Sommers auch nichts mehr aus der See und mag denken, die alten Weiber hätten ihn behext.

Die Ewer kommen nicht auf einmal wie die Hühner, wenn Tucktuck gerufen wird, sondern nach und nach. Schon acht Tage vorher füllt sich das Fleet mit Schiffen: Klugheit und Nachbarlichkeit verhindern, daß alle an einem Tag den Hamburg-Altonaer Markt überfallen und die Fische wertlos machen.

Es gibt auch mancherlei zu tun.

Nicht allein den Sonntag zuvor, an dem alle Fischerknechte und Fischerjungen auf Musik sind und sich en Perd, ein Mädchen, für das Fest heuern, weshalb diese Musik am Deich auch der Pferdemarkt genannt wird, sondern die ganze Woche hindurch. Da ist keine Zeit, den Knackwurstkerlen beim Aufschlagen der Zelte zu helfen oder die Reitbudenpfähle mit einzurammen, denn erst muß der Ewer sein Karkmeßkleid haben. Teeren und Schmeeren heißt die Losung, den langen Tag wird geteert und geschmeert, daß der ganze Deich danach riecht und daß das Wasser in allen Regenbogenfarben glänzt. Da wird geschruppt und kalfatert, da wird gemalt und gelabsalbt! Wie Schafe, die geschoren werden sollen, liegen die Fahrzeuge auf dem Sand und lassen alles über sich ergehen, denn sie wissen, daß es gut für sie ist.

Kein deutsches Kriegsschiff kann reiner sein als ein Finkenwärder Ewer zu Karkmeß, so viel tut der Schiffer daran. Nicht umsonst hat er holländisches Blut in sich und eine große Lust an Reinlichkeit und Buntheit: so schmückt er seinen Ewer mit bunten Farben und glänzenden Streifen und wird nicht müde, ihn zu zieren.

Da wird der Bünn gründlich gereinigt, da werden die Eiskisten überholt, schlechte Taue ausgeschoren, neue Kurren eingestellt und zerrissene Segel geflickt. Da wird geloht: du liebe Zeit: wie wird geloht! Der ganze Rasen des Deiches liegt voller ausgebreiteter Segel: Großsegel an Großsegel, Fock an Fock, Besan an Besan, und alle werden gebräunt und geloht, damit sie haltbarer werden sollen.

Das Lohen haben die Finkenwärder vor den Blankenesern voraus, die keinen Platz dafür haben (denn in den Sand können sie die

Segel nicht legen) und deshalb mit weißen Lappen fischen und segeln müssen.

Überall am Bollwerk bruddelt es in den großen Wurstkesseln, und Fischer und Frauen schöpfen die Lohe und dweilen sie auf die Segel.

Ist das Schiff moi, dann sieht der Fischermann seine Knipptasche an und begleicht die großen Rechnungen, die er beim Zimmerbaas, beim Schmied, beim Segelmacher und beim Reepschläger stehen hat, denn Karkmeß ist allgemeiner Zahltag. Hat er sein Schiff noch nicht freigefahren, also das stehende Geld noch nicht zurückbezahlt, so bekommt noch der Bauer seine Zinsen.

In der Aueschule aber tagt die Seefischerkasse, die Schiffsversicherungsgemeinschaft der Finkenwärder Seefischer, die 1835 gegründet worden ist, als schwere Stürme die damalige kleine Flotte zu vernichten drohten. Sie läßt sich die Prozente, das Jahresgeld, bringen, das nach den Verlusten berechnet wird. Das ist wahrhaftig kein grüner Tisch, an dem die sechs Alten mit dem Obervorsteher sitzen! Plattdeutsch wird gesprochen, einer nennt den andern du, jeder weiß, was er will, und niemand braucht nach Worten zu suchen! Das ist der Senat von Finkenwärder, und einen bessern hatte Venedig auch nicht.

Ein fester Bau ist diese Seefischerkasse, ein Denkmal besten Gemeinsinns. Sie ist der mächtige Leuchtturm, der seine Strahlen vom Skagerrak bis zur Themsemündung wirft. Seen wollten ihn unterwaschen, Stürme wollten sein Licht verlöschen: er steht und leuchtet!

Mittlerweile sind sie auf der Aue, von der Müggenburg bis zum Tun, auch nicht müßig gewesen, sie haben gebaut und gezimmert, geklopft und gehämmert auf Deubel kumm rut, bis Zelt an Zelt steht. Dann steigt die Sonne blank und schön aus dem Hamburger Daak und der große Freudentag ist da mit seinen Luftbällen und Reitbuden, seinen Aalzelten und Schießständen, seinen Eiskarren und Lungenprüfern, mit Lukas und Kasper, mit Herkulessen und Feuerfressern, mit Seiltänzern und Negern, mit Hün und Perdün, mit Jubel und Trubel! Die Gören sind wie durchgedreht, und die Jungkerls und Deerns wissen vor Übermut und Lebensfreude nicht, was sie alles aufstellen wollen. Da wird gejagt und geschossen und getanzt und getrunken und gesungen und gelacht: die ganze Aue wirbelt durcheinander. Die Jungen tragen blaue Brillen und Rinaldinischnurrbärte, sie essen Knackwürste und Eis, bis sie nicht mehr können: die Mädchen kaufen sich Puppen und Kokosnüsse und lutschen an Zuckerstangen: es ist einfach unbeschreiblich, was auf Karkmeß alles los ist. Die sich erzürnt hatten, vertragen sich und trinken wieder einen zusammen, und die gut Freund gewesen waren, erzürnen sich und kriegen das Tageln: dat is so bi Karkmeß mit vermokt. Hein Mück haut den Lukas, daß es knallt, und läßt sich für die hervorragenden Leistungen eine goldene Medaille an die Heldenbrust heften. Jan Tiemann läßt sich elektrisieren, Hinnik Külper tauft seiner Braut ein großes Zuckerherz, Peter Gröhn fordert den Neger sogar zu einem Boxkampf heraus. Und ein Getute und Geblarre, ein Flöten und Knarren, ein Juchzen und Schreien!

Das beste Teil erwählen sich die alten Fahrensleute; sie ziehen ein weißes Hemd an, holen den Stuhl aus der Dönß und setzen sich geruhig auf den Deich. Sie lassen die Karkmeßleute an sich vorüberziehen, necken die beladenen Kinder und führen ein nachbarliches Gespräch. Das Allerschönste sehen aber auch sie nicht vor Luftbällen und Kinderspielzeug: die blassen, roten Rosen am Westerdeich und das wogende Korn im Lande und den weißen Flieder auf den Wurten und die Lindenblüten am Elbdeich: das große Sommerblühen. Das geht allen verloren.

Nach dem Sturm

(aus »Nordsee« und »Nach dem Sturm«)

»Christ Kyrie, komm zu uns auf die See!«

Das war kein Gesang mehr: wie wehes Rufen, wie ein einziger banger Schrei drang das Gemeindelied bei diesen alten Worten durch die Kirche und schlug wie Meereswogen um die kalten, weißroten Pfeiler. Als wenn alle Sturmnächte und Sturmtage wieder aufstünden und noch einmal die Herzen aufwühlten und zerrissen, als wenn die gebliebenen Seeleute ihre Geisterstimmen klagend in den Gesang mischten, so hörte es sich an. Der so furchtbar auf die Orgeltasten drückte, war der weißbärtige Küster, der an seinen untergegangenen Sohn dachte und an die schwarzen Kleider, die den untern Kirchenraum ausfüllten. Und die so gewaltig sangen, das waren Fahrensleute, die mehr als zehnmal mit dem Sturm gerungen hatten, das waren Fischer, die dem Tod und der See entronnen waren, das waren Frauen, die ihre Männer oder Söhne bei erstem, gutem Wind wieder elbabwärts segeln sehen sollten, das waren Konfirmanden, die nach Ostern samt und sonders Fischerjungen werden wollten! Und sie alle wußten, was sie sangen!

Nur einer wußte es nicht, der junge Seefischer mit dem indianerhaft roten Gesicht, der auf dem Chor saß. Zwar hatte er sein Gesangbuch weder zugeklappt noch verkehrt aufgeschlagen, und er sang auch halblaut mit, aber er wußte nicht, was er sang. Seine Gedanken waren bei andern Dingen, und wie er vor zehn Tagen äußerlich ruhig, innerlich aufs höchste erregt auf der Doggerbank gegen Wind und Wasser gekämpft hatte, so ging er jetzt mit heftigem Ungestüm gegen Gedanken an, die ihn erdrücken und ersticken wollten, so duckte er sich jetzt vor seelischen Gewalten! Und die Augen blickten starr gegen das Mauerwerk, aber sie konnten sich dort nicht lange halten, immer wieder sanken sie ohnmächtig nieder und fielen schwer auf die zweite Konfirmandenbank, die sich unter die Predigtkanzel schmiegte. Er konnte es nicht wegwischen, das fahle Bild: immer wieder sah er Simon und sich dort sitzen. Die beiden Konfirmanden saßen beieinander und guckten aus einem Gesangbuch. Der junge Seefischer wischte mit der Hand über die Stirn, aber die beiden Konfirmanden konnte er damit nicht verscheuchen: sie blieben sitzen, und es war sogar, als sähen sie nach ihm hinauf! Nein! Nein! Er wollte sich nicht unterkriegen lassen, wollte nicht weinen! In seiner Not faßte er die beiden Jungen scharf ins Auge und griff mit schnellen, hastigen Händen nach allen lustigen Dingen der gemeinsamen Konfirmandenzeit, des Kirchenjahres, und fand doch an einem so wenig Gefallen und Frieden, wie an dem andern ... Simon und er pflegten so laut und durchdringend zu singen, daß Frau Pastor sie mitunter strafend angesehen hatte ... dann hatten sie sich bannig gefreut. Und wenn der Klingelbeutel herumging, gab es manchen Spaß für sie, wenn jemand seinen Pfennig vorbeisteckte, oder wenn einer vor dem dicken Überzieher nicht in die Büxentasche kommen konnte und zuletzt wohl gar aufstehen mußte. Und während der Predigt, von der sie wenig verstanden, schulten sie um die Kanzelecke nach den Konfirmandinnen hinüber, unter denen jeder seine Braut hatte, wie es sich gehörte, aber – wie schnell verging das alles vor dem grausen Ernst dieser Stunde. Der Seefischer mußte den Blick wenden, bis er Meta Mewes traf. Das war seine Braut gewesen ... da saß sie, schwarz und verschleiert, mit schmalem, blassem Gesicht und großen, dunkeln Augen. Sie hatte einen andern genommen und war schon seit zwei Jahren verwitwet; ein kleiner Zeugladen mußte ihre beiden kleinen Mädchen und sie ernähren. – Des Seefischers Augen mußten weiterwandern: da saß Simons Braut, zwar nach halbhell gekleidet, aber den blonden Kopf schon tief gebeugt und die Augen voll Trostlosigkeit, weil sie an Simons Rückkehr nicht mehr glauben konnte. Vier Bänke weiter nach hinten aber saß eine alte Frau in tiefer Trauerkleidung, ganz gebückt, wie ein morgenländisches Klageweib anzusehen. Das war Simons Mutter. Sie hatte ein schwarzes Wolltuch um den Kopf geknüpft. Mit zitternden Händen hielt sie ihr Psalmenbuch auf den Knien fest und bewegte die Lippen, als wenn sie mitsänge: es waren aber immer nur einige gebrochene Worte des Vaterunsers, die sie herausbrachte.

Und viele Blicke ruhten auf ihr und auf dem blonden Mädchen.

Gewaltsam drehte der junge Seefischer sich um. Da lag das herbstliche Land in der Sonne, zwar mit kahlen Bäumen, aber doch noch mit grünen Wischen. Dahinter ging der Deich auf, der die bunten Häuser trug, deren rote Dächer im Sonnenschein blinkten. Über den Ziegeln aber schwebten Rauchwolken, die den Schornsteinen der unsichtbaren Dampfer entquollen waren. Viele Masten guckten über Deich und Haus: die Masten der auf den Schallen liegenden Fischerewer. Des Seefischers breite Brust hob sich, als er seine beiden Masten herausgefunden hatte, den Grotmast mit dem weißrotgoldnen Flögel und den Besanmast mit dem dunkeln Tümmlerschwanz. Da lag sein großer, schöner Kutter, seine »Seemöwe«. Er war schon geschwoit: es war Flut geworden und der hohe, grüne Bug spiegelte sich schon auf dem blanken Wasser.

Mit bärenhafter Kraft klammerte der Mann in der Kirche sich an sein Schiff, das er eben durch das Fenster sehen konnte, er wollte sich herzhaft darüber freuen, aber er vermochte es nicht. Es kam ihm vor, als würde er von allen Seiten böse angeguckt. Da setzte er sich wieder gerade hin und bemühte sich mit fest zusammengekniffenen Augen, der Predigt zu folgen und bei ihr zu vergessen, aber auch das brachte er nicht fertig; wie die eisernen Sturzseen auf das Deck gedonnert waren, so hämmerten die Worte in sein Ohr und lösten sich dort in ein dumpfes, starkes Brausen auf, das er nicht wieder loswerden konnte. Er versuchte, in seinem Gesangbuch zu lesen, aber die Reihen liefen durcheinander wie die Wogen auf der Doggerbank. Immer größer wurde seine innere und äußere Unruhe. Zuletzt klappte er das Buch zu und faltete seine Hände unter der Bank und beugte sich so tief, daß er von der hohen Chorbrüstung nichts mehr sehen konnte. Er starrte zu Boden ...

Ik hebb dat god meent! Ob er das dachte oder flüsterte, wußte er wohl selbst nicht, aber so oft er es wagte, schlug ihm eine unsichtbare Hand die Worte aus den Händen und eine harte Stimme sagte schneidenden Tones: Du hast gelogen, Harm! Du hast gelogen, Junge! Gelogen hast du vorgestern, als du von der See kamst und auf der Elbe, zwischen dem Ostefeuerschiff und Brunsbüttel, die zerrissene Fock in die Pflicht verstecktest und die neue anschlugst, damit es aussehen sollte, als hättest du draußen nichts zu krabbeln gehabt! Gelogen hast du, als du sagtest, es sei auf der Doggerbank während der beiden Sturmnächte gar nicht stur gewesen, und du hättest mit einem Reff im Segel noch fischen können! Denn du weißt, daß du ein so schweres Wetter auf See noch nicht erlebt hast, und daß die beiden Nächte, in denen die Eiderdeiche brachen, in denen die beiden großen Dampfer auf Scharhörn spurlos verschwanden, in denen die Nordsee voller Seemannsleichen trieb, die schwersten deines Lebens gewesen sind, daß du vor Sturmsegel und Sturmanker in höchster Not klüstest und jeden Augenblick dachtest, die Masten müßten über Bord gehen oder der Kutter müßte kopfheister schießen. Gelogen hast du, als sie nach Simon fragten, nach deinem Kameraden, deinem Macker, mit dem du stets in Kumpnei gefischt hattest! Ganz heiter hast du geantwortet, obgleich dir das Herz in der Brust brannte und du am liebsten geheult hättest wie ein Tier. Ernst hat dein Vater gefragt, der alte, graue Seemann, jammernd hat deine Mutter gefragt, bebend hat Simons Braut gefragt, weinend ist die alte Frau geschlichen gekommen. Hast du dich stumm abgewendet? Nein, du hast gelächelt und getröstet: De kummt wedder! Hast du gesagt, du hättest ihn nicht gesehen draußen? Nein, du hast ermuntert und ermutigt: Wi sünd jümmer tohoop wesen! Noch nach dem Sturm hättest du mit ihm gesprochen: erst dann sei er östlicher gekreuzt, um noch zu fischen, und erst dann sei er dir aus Sicht gekommen. Das war gelogen, Harm: du hast es mit deinen eigenen Augen gesehen, wie die große See Simons Kutter rundum geworfen hat und wie Mast und Segel zugrund gegangen sind. Riemen und Rettungsgürtel hast du noch treiben sehen, als du die Stelle erreichtest, das ist aber auch alles gewesen ...

Nein, nein! du willst es nicht sagen, Harm? Du meinst, sie erführen es in acht Tagen ja doch, daß er nicht wiederkäme? Du könntest es nicht sagen? Harm, das große Kirchengebet wandert durch die Kirche! Bete mit, wie alle es mitbeten! Hör!... krall dich nicht immer fester in die Ecke!... Hör!... »Wir bitten dich auch insonderheit für die, die auf dem Wasser ihre Nahrung suchen: segne die Fischerei auf der See und im Fluß ...« Du ständest lieber noch einmal inmitten des furchtbaren Sturmes, als daß du nun standhieltest und drückst die harten Hände gegen die Brüstung, als wäre es dein Ruder! Schreit es wieder so gräßlich, so überlaut und grell, wie du geschrien hast, als du die große See ins Segel schlagen sahst?...

Da wurde es mit einem Male totenstill um den Seefischer: eine tiefe Stille umgab ihn wie an stillen Tagen auf See, wenn er allein am Ruder gestanden hatte. Aber diese Stille hielt nicht an: Worte drängten sich darein, starre, tonlose Worte, die sich wie sickerndes Wasser anhörten: »Es ist auch Fürbitte zu tun für drei Mitglieder unserer christlichen Gemeinde, die seit dem Sturmestage mit ihrem

Schiff noch nicht wieder in den Hafen gekommen sind! Herr Gott, der du das Meer gemacht hast ...« Da steigert die Seelenqual des Fischers sich aufs höchste: ihm ist, als guckten ihn alle an, als riefen sie ihm zu, unwillig und zornig: Was läßt du uns noch beten, Harm, du weißt doch, daß Simon geblieben ist? Ein wehes Schluchzen ist zu hören: viele Frauen haben die Taschentücher vor dem Gesicht, und die alte Frau hat den Kopf auf die harte Lehne gelegt – die Männer aber husten vor Bewegung, und die Stimme des Pastoren zittert.

Harm sieht und hört alles wie im Traum und atmet schwer. Wenn er nun morgen wieder seewärts segelt, ringt die alte Frau noch lange Tage mit ihrem Gott und ihren Jungen, und andern Sonntag beten sie noch mal für seine Heimkehr – Er muß dieser Qual ein Ende machen, er fühlt, daß sein Gewissen es verlangt!

*

Jäh fährt er zusammen, als eine Hand seine Schulter berührt! In tiefster Herzensnot wendet er sich um: wollen sie ihn noch mal fragen?

Da steht aber nur der alte Hein Benitt hinter ihm, der mit der Hand nach der schwarzen Tafel weist, auf der die Gesangverse stehen, und ihm zuflüstert: »Wat steiht dor förn Salm an, Harm? Ik hebb mien Klüber vergeten, un mien Ogen sünd all'n betjen dunkel!«

Der Seefischer atmet tief auf.

»Tweeunnegentig, Hein: Ein feste Burg ist unser Gott«, antwortet er.

*

Eine Weile, nachdem die Glocken verklungen sind, tritt er in sein Elternhaus am Elbdeich, legt sein Gesangbuch auf den Tisch und sagt ernst: »Vadder un Mutter: ik willt seggen: Simon is bleben'. Ik hebb em wegsacken sehn!«

Dann geht er ans Fenster und blickt nach Blankenese hinüber.

Der alte Fischer aber sagt: »Dat hebb ik dacht, Junge, dat hebb ik dacht«, und er zieht sich an, um zu der alten Frau zu gehen und ihr die Kunde zu bringen.

»In Gotts Nomen, Hinnik!«

(aus »Schiff vor Anker« und »Nach dem Sturm«)

Langsam ging der Schiffszimmerbaas Jan Siebert an einem Sonntagnachmittag den grünen Elbdeich entlang und guckte mehr nach dem Wasser als nach den Häusern.

Einige von den Booten fielen besonders durch ihre feine Bauart auf. Kein Wunder – Jan Siebert hatte sie gezimmert.

Einige von den Jollen segelten verteufelt fix durch die Binsen. Kein Wunder – Jan Siebert hatte sie gebaut.

Einige von den großen Kuttern leuchteten wie Königsschiffe über das Wasser. Kein Wunder – Jan Siebert hatte sie zusammengeklopft.

So grüßten ihn auf Schritt und Tritt seine Schiffe und machten ihm das Herz warm.

Als er bei Gesine Külpers Strohdach angelangt war, sah er ihren ältesten Sohn im Gras sitzen und einen Aalkorb ausbessern.

»Kumm mol rup, Hinnit«, rief er und der Junge lief in Sprüngen.

»Gu'n Dag, Jan-Unkel.«

»Segg mol, Junge ... Du kummst nu Ostern ut de Schol ... Wat wullt du denn beschicken?«

Hinrich guckte nach der Elbe.

»Ik will giern up'n groten Kutter.«

»Noh See, Junge?«

»Jo.«

Der Baas sah ihn lange und prüfend an.

»Dien Vadder is bleben, Hinnik.«

»Großvadder is ok bleben – un Vadder is dorüm doch wedder noh See gohn«, antwortete der Junge.

»Is din Mudder dormit inverstohn?«

Der Junge stockte.

»Ik weet 't ne. Ik hebb' er noch nix von seggt«, gab er dann zögernd zu.

Der Baas nickte vor sich hin. – »Is god«, sagte er mehr zu sich als zu dem Jungen und klinkte die Tür auf.

Hinnik aber steckte beide Hände tief in die Hosentasche und schwankte nach Seefahrerart von einer Seite nach der andern wie ein rollendes Schiff, als er den Deich hinunterstieg, denn er fühlte sich schon als Fischerjunge.

*

Die schmale, schwarzgekleidete Frau erschrak heftig, und ihr Gesicht wurde noch bleicher.

»Hett he dat seggt?« fragte sie schon zum drittenmal. »He will noh See!«

Jan Siebert nickte ernst.

Sie faltete die mageren Hände.

»He schall ne up 't Woter. Jan Siebert, dat kann gewiß ne gohn. Segg doch sülbst, kann he noh See? Sin Vadder is verdrunken, un he will ok noh buten? Nee, nee – ik kann keen wedder noh See seiln sehn. Ik hol't ne ut.«

Er schwieg.

»He mütt an Land blieben, Jan Siebert«, fuhr sie erregter fort. »Lot em Buer warn oder Schoster oder Snieder – ganz egol – ober noh See schall he ne. Du büs Vörmund: segg em dat.«

Der Baas war sich einig geworden.

»Denn is 't dat beste, wenn it em up de Warf nehm un wi em Timmermann warn lot. Denn süht he doch wenigstens Scheep un Woter.«

Sie atmete erleichtert auf.

»Jo, Jan Siebert, nimm em hen.«

»De dree Johr verdeent he ober nix«, sagte der Baas, aber sie schüttelte nur den Kopf.

»Dat deit nix. Min lütj Tügloden smitt woll so veel af, dat wie Brot hebbt.«

Er war aufgestanden.

»Schall ik 't em seggen?«

Sie bot ihm die Hand zum Abschied.

»Io, segg du 't man. Ik kann 't ne.« - - - - - - - - - - - - - »Hinnik!«

»Wat schall ik?«

»No See kannst du ne kommen. Dat geiht ne. Din Mudder will 't ok ne hebben. Du kummst Ostern no mi un lierst de Timmeree. Dor hest ok jo fix Lust to, ne?«

Der arme Junge stand regungslos da und konnte nicht Ja und nicht Nein sagen. Ihm war, als habe man ihm das Herz in der Brust umgedreht und ihm die Fenster, in die die liebe Sonne schien, mit großen grauen Säcken verhängt.

»Hest du 't hürt, Junge?« fragte der Baas, als er noch immer keine Antwort bekam.

»Jo«, sagte Hinnik da heiser und guckte traurig vor sich hin.

Erst als der Baas fortgegangen war, rührte er sich wieder und sah finster und feindlich nach der Elbe. Die war zwischen ihn und die See getreten. Sie war nun nicht mehr der blaue, blinkende Weg zu der bewegten, unendlichen See: – ein häßlicher, breiter Graben, der ihm alles versperrte. Es war auch ganz gleich, ob er mit dem Aalkorb noch wieder nach dem Priel hinabwatete oder ob er ihn im Gras liegen ließ.

Mit zusammengezogenen Brauen und fest aufeinandergepreßten Lippen kletterte er müde den Binnendeich hinunter, wo er die Elbe nicht sehen konnte, und warf sich ins Gras. Ihm war zum Weinen zumute.

Aus dem Fenster aber folgten ihm zwei todestraurige Augen, und eine bekümmerte Mutter legte die Hände für ihr Kind zusammen.

*

Seit dem Tage war Hinnik anders. Mit keinem Wort war das Geschehene erwähnt worden – seine Mutter vermied es ängstlich, davon anzufangen – aber es stand etwas zwischen ihnen, das nicht vergehen und nicht verwehen wollte. Hinnik war scheu und zurückhaltend und wich ihren Blicken aus. Strich sie ihm mit der Hand über die Stirn, so trat ein gequälter Ausdruck in sein Gesicht. Sie hatten ihm die große, schöne Lampe weggeholt und dafür ein armseliges Talglicht auf den Tisch gestellt und glaubten, er merke keinen Unterschied: – das konnte er nicht verwinden.

Es war noch nicht viel besser geworden, als er schon auf der Werft stand und mit Hobel und der Axt umzugehen lernte. Wohl begriff er alles leicht und war anstellig und willig, aber in seinem Gesicht war deutlich zu lesen, daß die Arbeit ihn nicht freute und daß er nicht mit dem Herzen dabei war.

Jan Siebert war aber dennoch guten Mutes und meinte zu Gesine, daß gut Ding seine Weile haben wolle.

*

Wer weiß – – –

Vielleicht wäre Hinnik doch ein Zimmermann geworden.

Wenn nicht die Elbe so nahe gewesen wäre!

Wenn nicht so viele Ewer und Kutter vorbeigesegelt wären!

Wenn nicht die alten Fahrensleute immer von draußen erzählt hätten!

Und wenn Rudolf Holst an dem Tage in Hamburg einen Koch gekriegt hätte, wäre es vielleicht auch noch anders gekommen. Er kriegte aber keinen und schimpfte im Vorbeigehen, daß er nun liegenbleiben müsse und doch so gern mit der Nachttide hinuntergesegelt wäre.

Da konnte Hinnik nicht anders: er lief ihm nach und ließ sich als Junge annehmen.

*

Abends erzählte ein aufgekommener Lüttfischer, daß er ihn auf dem Kutter gesehen habe.

»Mi hett dat ahnt«, sagte Jan Siebert zu Gesine, die trostlos dasaß.

»Den leet de See keen Ruh.«

Sie weinte nur noch mehr.

»He *will* verdrinken als sin Vadder.«

Er schüttelte verweisend den Kopf.

»So nich, min Diern. Nu he mol so wiet is un de See sehn hett, holt wi em ne mihr an Land. Lot em Fischer warn. Von tein blifft doch jümmer bloß een, un he hürt to de negen annern, de wedderkommt.«

*

Der böse Ostwind hatte den Kutter schon zweimal nach der Weser gejagt – nun brachte eine gängige Brise aus Westen ihn mit vollem Zeug die Elbe herauf.

Gesine bekam gleich Order von Jan Siebert, daß er aufgekommen sei – und wartete am andern Tage auf ihren Jungen. Er mußte doch kommen.

Hinnik kam.

Erst zu Jan Siebert.

»Ik hebb di ok 'n poor Fisch mitbröcht«, sagte er und ließ eine Stiege Schollen aus dem Taschentuch springen.

»Weest, wat du verdeent hest«, grollte der Baas und sah ihn schief an. Heimlich freute er sich aber über den wetterbraunen jungen Kerl.

Der sagte keck: »Nee«, sprang aber zur Vorsicht rasch auf den Deich, denn er war nicht sicher, ob nicht doch ein Stück Holz geflogen kam.

»Büs ok seekrank wesen?« scholl es ihm freundlich nach.

Er lachte.

»Keen Gedanke!«

Seine Mutter saß am Tisch und stützte den Kopf in die Hände.

Er warf zwei Goldstücke hin.

»Mien Verdeenst, Mudder«, sagte er stolz. Dann knüpfte er das Tuch auf und breitete seine Schätze aus: springlebendige Schollen, rote Muscheln, Seeäpfel und Seesterne und eine Handvoll Bernstein.

»Ik kann di seggen, up Bremerhoben is't fein, Mudder. – Den Kaiser hebbt wi ok dropen, Mudder. He giing mit sien witte Jacht no Wilhelmshoben. – Un up Nordernee sünd wi ok an Land wesen. Wi legen dor twee Dog vör Wind.«

Er erzählte munter darauf los, ohne sich stören zu lassen. Schließlich guckte er sie aber doch an – und da sah er, daß ihr die Tränen in den Augen standen.

»Wees man still, Mudder. Dat is nu mol so komen. Ik bün Fischer, lot mi man Fischer blieben.«

Sie war aufgestanden.

»In Gotts Nomen, Hinnik!«

Gorch Fock

Finkenwärder: die Heimat Gorch Focks, die stille, grüne Fischer-insel, der Hafen seiner Seele –

Finkenwärder: die Heimat auch all der mutigen, verwegenen Fi-scher, die mit ihren schweren Kuttern und Ewern die Nordsee pflügten, mit Tod und Schicksal auf du und du standen –

Finkenwärder: das hieß: dunkle Segel an hohen, schweren Mas-ten, schwarz gekleidete Frauen am Deich, netzeflickende und segel-nähende Fischer auf den Bänken vor schmucken Häusern, blühen-des, friedevolles Land – – dieses Finkenwärder ist nicht mehr.

Das Sterben begann, als die ersten Fischdampfer aufkamen, die, schneller und sicherer als die Ewer und Kutter, die großen, griesen Segler aus Elbe und Meer verdrängten.

Es setzte sich fort, als der Hamburger Senat beschloß, Finkenwär-der dem Hamburger Hafen einzuverleiben, als 1912 die Arbeiten begannen, die den Deich verschütteten. Wo früher die Elbe den Deich bespült hatte, wo die Fischerflotte, Stewen an Stewen, Mast an Mast, vor Anker lag nach ihren Fahrten, wo die Jungs von Fin-kenwärder mit ihren Kähnen schipperten, wurde breites Vorland künstlich aufgeschüttet, wurden Werftanlagen und Siedlungen gebaut, entstand Lärm und Großstadtbetrieb.

Und jetzt bleibt auch die letzte Ecke des Netzdeiches nicht ver-schont von dem fressenden Atem der Zeit: der große Hof des Netz-bauern wird zerstört und damit der unberührteste, romantischste Teil der Insel, Gorch Focks Kindheitsparadies. Um Hafenerweite-rungsanlagen Platz zu machen, mußten 600 Apfelbäume, unzählige Eichen, Eschen und Pappeln ihr Haupt neigen – keine Weide spie-gelt sich mehr in Netzgraben und Netzkuhle –, bis weit hinaus in die Elbe wird Sand geschüttet.

Gorch Focks Finkenwärder ist tot.

Über Traum und Idyll hinweg schreitet das Leben, nüchterne Notwendigkeit.

Und als ob ein weiser Wille beschlossen habe, denen nicht allzu weh zu tun, deren Herz am meisten an dem alten Eiland hing, schloß ein milder Tod die Augen der beiden alten Eltern Gorch Focks, ehe die fordernde Zeit auch ihre Schwelle berührte. Vater Kinau starb vor zwei Jahren, 84jährig, Mutter Kinau jetzt, im 87. Lebensjahre.

*

Gorch Fock (Johann Kinau) war der älteste Sohn des Seefischers Heinrich Kinau und seiner Frau Metta Holst. Er wurde am 22. August 1880 auf Finkenwärder geboren. Über »seine Anfänge« schreibt er: »Ich bin kein Seemann, aber die See und ihre Schiffe und viele alte und junge Seeleute, Fischer und Schiffer sprechen aus mir. Meine Freude ist stets, wenn Seeleute mir sagen, ich kennte die Seefahrt wie einer von ihnen, und ich müßte selbst gefischt und gefahren haben. Das ist nur insofern richtig, als ich als Kind mit meinem Vater mehrmals auf See gewesen bin, und daß sich die Eindrücke dieser Reisen so tief eingeprägt haben, daß ich sie noch jetzt jeden Tag vor Augen habe. Alle spätere Meerfahrt verblaßt gegen diese alten Tage, auch eine Fahrt nach Norwegen, die ich (1912) machte, kommt dagegen nicht auf. ›Die Sonne scheint dem Menschen nur einmal, in seiner Kindheit‹, sagt Hebbel. Diese Sonne beschien das alte große Finkenwärder mit seiner Riesenflotte. Jene alten Seefischer und jene alten Kutter und Ewer sind es, die in meinen Büchern leben, ob ich sie gleich in die Gegenwart hineinragen lasse. Das Finkenwärder liebe ich: das neue ist mir viel fremder und steht mir beispielsweise längst nicht so nahe wie das neue gewaltige Hamburg ... Meine Mutter ist eine Altenländerin ... Sie ist heiterer Gemütsart ... und erzählt und spricht gern, sitzt auch voll von alten Sprüchen und Liedern. Von ihr habe ich den Frohsinn und die körperliche Kleinheit, von meinem ernsten, schweigsamen Vater das Gesicht und den Lebensernst. Die frühen Fahrten des Vaters und die Sorgen und Gebete der Mutter haben mich innerlich gebildet: aus der Furcht der Mutter erwuchs mir eine gewisse Furchtlosigkeit, die beständig zunahm ... Weil ich klein und schwächlich war, wollte mein Vater mich nicht auf den Ewer nehmen. Ich sollte Lehrer werden. Dazu fehlte aber das Geld ...«

So kam denn der begabte Junge, nachdem er die Gemeindeschule in Finkenwärder, immer als Erster in der Klasse, hinter sich gebracht hatte, in die Krämerlehre zu seinem Onkel nach Geestemünde, nach drei öden, dürftigen Jahren in die Schreiberei eines Expeditionsgeschäfts in Bremerhaven und von dort in eine Warengroßhandlung nach Meiningen als zweiter Buchhalter. Meiningen wurde die Stätte seiner geistigen Geburt. Im Meininger Theater wurden Shakespeare, Grillparzer, Ludwig, Freytag, Goethe, Hebbel und Ibsen für ihn Erlebnis – hier lernte er wandern, hier erkennt er seine Heimat in Sehnsucht und Traum, hier beginnt der Dichter in ihm sich zu regen. Er schreibt Gedichte, kleine Erzählungen, dramatische Versuche, alles in hochdeutscher Sprache. Über Bremen und Halle kommt Gorch Fock 1904 nach Hamburg, wo er 1905 in der Hamburg-Amerika-Linie als Buchhalter angestellt wird. 1908 heiratet er – 1910 wird sein Junge geboren (zu dem sich später noch eine Tochter gesellt) – sein Name wird bekannt – ganz allmählich kommt sein Schiff in den Wind. Das Streben, vorwärtszukommen, war ungeheuer stark in ihm, nicht nur als Dichter, auch in seinem geschäftlichen Beruf. Er lernte Sprachen: englisch, französisch, dänisch, holländisch – er las viel: Storm, Lenau, Eichendorff, vor allem Goethe, Hebbel, Nietzsche – Hebbels Nibelungen, deren Geist er sich am meisten verwandt fühlte, kannte er fast auswendig. An Arbeitsbetätigung hat Gorch Fock fast Übermenschliches geleistet. Für seine eigenen Arbeiten blieben ihm die frühen Morgen- und späten Abendstunden; oft stand er morgens um drei oder halb vier Uhr auf, um zu schreiben – und wurden abends Überstunden im Bureau verlangt, so leistete er auch die freudig und selbstverständlich.

Von 1905 – 1908 schrieb Gorch Fock etwa 50 Erzählungen, die er größtenteils in den Tageszeitungen veröffentlichte. Die ältesten sind ganz hochdeutsch geschrieben, die späteren hochdeutsch mit niederdeutschem Dialog, für den er anfangs seine heimatliche Finkenwärder Mundart wählte. Mit der Geschichte »Wat Hein Saß in'n Heben keem«, die wohl seine in der Erfindung originellste und stärkste Kurzgeschichte ist, macht Gorch Fock den ersten Versuch, eine rein plattdeutsche Geschichte zu schreiben. 1910 vereinigte er eine Reihe hoch- und plattdeutscher Erzählungen in seinem ersten Buch »Schullengrieper und Tungenknieper«, dem 1911 sein einaktiges Drama »Doggerbank« folgte, trotz bühnentechnischer Schwächen doch ein ausgezeichneter Wurf. Im Dezember desselben Jahres lag sein erster Roman »Hein Godenwind, de Admirol von Moskitonien, eine deftige Hamburger Geschichte« in den Buchhandlungen aus, der ganz in niederdeutscher, und zwar jetzt hamburgischer Mundart geschrieben war. Gorch Fock bewies damit, daß er auch dieses Platt vollkommen beherrschte.

Damals, als er in Hamburg seine ersten Erfolge erlebte, kamen für die Familie in Finkenwärder traurige Zeiten: der Vater mußte seinen Ewer verkaufen, seine körperlichen Kräfte reichten nicht mehr aus, ihn zu fahren. Der Deich wurde verschüttet. Aber aus dem Schmerz um den Untergang seiner geliebten Welt erstand sein größtes und schönstes Werk, sein Roman »Seefahrt ist not!«. Alles, was an Kindesliebe, an Liebe zu Meer und Wind und Ewer und Fahrt in ihm steckte, gab er ihm mit – sein Lachen, seine Fröhlichkeit, seine Abenteuerlust und seine Kraft, seine Träume, sein Heimweh: sein ganzes, reiches, deutsches Herz. In »Seefahrt ist not!« wendet Gorch Fock sich wieder der hochdeutschen Sprache zu, aber sie ist durchsetzt und bereichert durch viele kräftige und unverbrauchte Ausdrücke aus dem Plattdeutschen. So schrieb er etwa für Beute: Büt, für Nebel: Daak, für quer: dwars, für Ecke: Huk. Der Dialog ist wieder die Heimat-Mundart Gorch Focks, nur den Knecht, Kap Horn, läßt er hamburgisch-platt sprechen.

Nach der »Seefahrt« schrieb er 1913 noch den ergreifenden Einakter »Cili Cohrs«, sprachlich und dramatisch von gleicher Stärke – er ist in reinem Finkenwärder Platt geschrieben –, gab noch zwei Bände gesammelter Erzählungen heraus: »Hamborger Janmooten«, die plattdeutsch, und »Fahrensleute«, die durchweg hochdeutsch geschrieben sind, ließ sich überreden, ein Volksstück »Die Königin von Honolulu« zu schreiben, das er selbst als schwach empfand und darum nur ungern und unzufrieden mit sich selbst aus der Hand gab – und blieb uns doch sein »Lebensbuch« schuldig, das jahrelang in ihm »mahnte« und ans Licht drängte, das über Finkenwärder und Niederdeutschland hinausgegriffen und von höherer Warte aus Leben und Menschen gestaltet hätte.[1]

Im März 1915 wurde Gorch Fock zum Kriegsdienst einberufen, wurde in Bremen ausgebildet und kam nach Serbien an die Front. Er erlebte den Krieg als »eine ernste, ewige Sache, ein Ding von

---

[1] Nach Focks Tode erschienen noch die erzählenden Bände »Nordsee«, »Schiff vor Anker« und die »Gesammelten Werke«.

Gott, das jedem zum Segen werden soll, wenn er nicht ein Mensch ohne Ewigkeit ist«. Und er fühlte: »Auch für Deutschland wird der Krieg ein großer Segen werden: er wird uns inneren Gewinn bringen, möge der äußere Gewinn nun groß oder klein sein. Es wird eine deutsche Volksgemeinschaft erstehen, die unser Volk auf eine höhere Stufe bringen wird.«

Im April 1916 wurde Gorch Fock auf seine dringende Bitte zur Marine versetzt – auf den Kreuzer »S. M. S. Wiesbaden«.

Im Mai 1916 starb er im Skagerrak, in der großen Schlacht des Großen Krieges, den Seemannstod – im Skagerrak, wo auch sein Großvater und Onkel »geblieben« sind –, im Kampf gegen England, für sein Vaterland. »Komme, was kommen mag: ich halte mehr in Händen, als ich je zu halten glaubte, und kann doch sterben, wenn Deutschland sterben soll! Deutschlands Schicksal ist auch mein Schicksal.«

> Sterb ich auf der solten See,
> Gönnt Gorch Fock ein Seemannsgrab!
> Bringt mich nicht zum Kirchhof hin,
> Senkt mich tief ins Meer hinab!
>
> Segelmacher, näh mich ein!
> Steuermann, ein Bibelwort!
> Junge, nimm dien Mütz mol af ...
> Und denn sinnig öber Bord ...

Die See hat Gorch Fock nicht behalten. Im August 1916 gab sie ihn der Erde wieder. Auf der kleinen schwedischen Insel Stensholmen, unweit von Göteborg, hat er ein schlichtes, stilles Grab gefunden.

*

Wer war Gorch Fock seinem Wesen nach?

Und was ist es, das seinen Namen so groß und leuchtend gemacht hat, über Finkenwärder, über Hamburg hinaus, über ganz Deutschland hin, der Jugend, uns allen ein hoher, edler Begriff?

Wenn wir vor seine Tagebücher treten (deren Aussprüche und Gedanken zum großen Teil in den Nachlaßbänden »Sterne überm Meer« und »Ein Schiff! Ein Schwert! Ein Segel!« aufgenommen wurden), wenn wir seine Briefe lesen, fühlen wir, daß da ein Mensch vor uns steht, der in besonderem Maße gesegnet ist. Es ist nicht nur seine Reinheit, sein Ernst, sein Eifer, es ist nicht seine Liebe, sein Lachen – es ist nicht nur ein Mensch mit den und den liebenswerten Eigenschaften, den wir da im tiefsten empfinden – es ist mehr: *er ist uns eine Idee geworden* – wie das Dasein für ihn eine Idee war.

›Alles Vergängliche ist nur ein Gleichnis.‹ Ihm war es das.

Man hat ihn einen Träumer genannt. Er war kein Träumer in dem Sinne, daß er untauglich für die nahen Dinge des Lebens war, daß er an ihnen vorbeisah – er hatte einen Wirklichkeitssinn ohnegleichen – aber *er sah durch die Dinge hindurch.*

So sah er die Seefahrt: »Nicht, daß die Stürme an uns vorbeigehen mögen, sondern daß wir sie bestehen.«

So sah er die Liebe: nicht ein Spiel – heiligstes Verpflichtetsein zu gegenseitiger Vollendung.

So sah er das Leben: tiefstes Leid, höchstes Glück – Wege zur Reife. »Je niedriger du das Ziel steckst, um so weniger wirst du es erreichen, denn die Kräfte nehmen ab, wenn nichts winkt.«

»Was wir selbst tun können, das dürfen wir Gott nicht überlassen.«

»Wo fängt Gott an? Genau dort, wo meine Kräfte erlahmen, nicht vorher. Er hilft nur, wo ich zu Ende bin!«

So sah er Gott: das Ziel.

Alles Vergängliche ist nur ein Gleichnis – – Wotan und Donar waren ihm Namen, Spiel seiner Phantasie, Ausdruck für Gewalten der Natur, Sinn-Bilder, *hinter denen der Sinn aller Dinge steht: Gott.*

Das Letzte, Einzige, Gültige.
Zu ihm will er gelangen.
Zu ihm gelangt er.

So sehen wir ihn: Finkenwärder, Hamburger, Deutscher –

Idee des kämpferischen Menschen, der sittlichen Persönlichkeit, Symbol und Stern über unserer Zeit – über uns allen.

So sehen wir sein Grab: einsam und fern von uns, daß wir nicht die Enge seiner irdischen Stätte empfinden, daß wir ihn wissen unter ewigem Himmel, ewigen Sternen, selbst der Ewigkeit verschmolzen.

Hamburg, April 1937.

Aline Bußmann.

Worterklärungen

afsogt, abgesägt

Poller, Polder, Relingspfahl

Blackvarnisch, Teer

Rietsticken, Streichhölzer

Dönß, gute Stube

schwoien, sich drehen

Draggen, Anker

Seiler, Segler

Dreucheber, Frachtewer

seiln, segeln

Ducht, Bootsbank

Slarp-Snick, kriechende Schnecke

eeken, eichen

gau, schnell

Spake, Steuergriff

Giekbaum, Schlagbaum

Stack, Buhne

gries, grau

stewig, widerstandsfähig

Heben, Himmel

Street, Strich

heelen, ganzen

Stropp, Tau

Hellgen, Schiffsbauplatz

Swoonk, Schwalbe

jüm, euch

Tide, Flut

Kap, Kajütendeckel

Timmeree, Zimmerei

Karkmeß, Jahrmarkt

Tögen, Eigenheiten

Klüsen, Ankerkettenlöcher

verstriet, rittlings, quer

Kneeß, Planke

Weeken, Wochen

Maisäber, Maikäfer

Wichel, Weide

Maker, großer Hammer

Winsch, Winde

neem, woneem, wo

Wisch, Wiese

Persennig, geteertes Segeltuch

wokeen, wer, wem

Über tredition

Eigenes Buch veröffentlichen

tredition wurde 2006 in Hamburg gegründet und hat seither mehrere tausend Buchtitel veröffentlicht. Autoren veröffentlichen in wenigen leichten Schritten gedruckte Bücher, e-Books und audio-Books. tredition hat das Ziel, die beste und fairste Veröffentlichungsmöglichkeit für Autoren zu bieten.

tredition wurde mit der Erkenntnis gegründet, dass nur etwa jedes 200. bei Verlagen eingereichte Manuskript veröffentlicht wird. Dabei hat jedes Buch seinen Markt, also seine Leser. tredition sorgt dafür, dass für jedes Buch die Leserschaft auch erreicht wird.

Im einzigartigen Literatur-Netzwerk von tredition bieten zahlreiche Literatur-Partner (das sind Lektoren, Übersetzer, Hörbuchsprecher und Illustratoren) ihre Dienstleistung an, um Manuskripte zu verbessern oder die Vielfalt zu erhöhen. Autoren vereinbaren direkt mit den Literatur-Partnern die Konditionen ihrer Zusammenarbeit und partizipieren gemeinsam am Erfolg des Buches.

Das gesamte Verlagsprogramm von tredition ist bei allen stationären Buchhandlungen und Online-Buchhändlern wie z. B. Amazon erhältlich. e-Books stehen bei den führenden Online-Portalen (z. B. iBookstore von Apple oder Kindle von Amazon) zum Verkauf.

Einfach leicht ein Buch veröffentlichen: **www.tredition.de**

Eigene Buchreihe oder eigenen Verlag gründen

Seit 2009 bietet tredition sein Verlagskonzept auch als sogenanntes "White-Label" an. Das bedeutet, dass andere Unternehmen, Institutionen und Personen risikofrei und unkompliziert selbst zum Herausgeber von Büchern und Buchreihen unter eigener Marke werden können. tredition übernimmt dabei das komplette Herstellungs- und Distributionsrisiko.

Zahlreiche Zeitschriften-, Zeitungs- und Buchverlage, Universitäten, Forschungseinrichtungen u.v.m. nutzen diese Dienstleistung von tredition, um unter eigener Marke ohne Risiko Bücher zu verlegen.

Alle Informationen im Internet: **www.tredition.de/fuer-verlage**

tredition wurde mit mehreren Innovationspreisen ausgezeichnet, u. a. mit dem Webfuture Award und dem Innovationspreis der Buch Digitale.

tredition ist Mitglied im Börsenverein des Deutschen Buchhandels.

Dieses Werk elektronisch lesen

Dieses Werk ist Teil der Gutenberg-DE Edition DVD. Diese enthält das komplette Archiv des Projekt Gutenberg-DE. Die DVD ist im Internet erhältlich auf **http://gutenbergshop.abc.de**

Zeitfracht Medien GmbH
Ferdinand-Jühlke-Straße 7
99095 Erfurt, Deutschland
produktsicherheit@kolibri360.de